Société Monte-Cristo

GUY-PATRICK SAINDERICHIN

Société Monte-Cristo

ÉDITIONS DE L'OLIVIER

ISBN 978.2.8236.1903.4

Il est un peu tôt pour déjeuner. François Fredonnet, dont tout le monde connaît le poids au sein du patronat français, est assis à sa table habituelle, au premier étage du restaurant parisien déguisé en auberge de campagne où il a ses habitudes. Il considère avec défiance le personnage qui lui fait face, qui s'est planté devant lui et ne s'est pas présenté. En règle générale, François Fredonnet n'aime pas les rencontres imprévues. Il est mécontent. Il ne le montre pas. Il ne fait pas non plus semblant d'être cordial. Le personnage, de son côté, lui sourit aimablement. C'est un petit homme rondouillard qui doit avoir une cinquantaine d'années. Il porte un costume bon marché, une chemise où la fibre synthétique l'emporte largement sur le coton naturel, et une cravate qui a au moins le mérite d'être banale. François Fredonnet l'examine avec une froideur extrême.

– Monsieur Fredonnet, encore une fois je suis désolé de vous déranger et de vous aborder de cette façon, disons, inhabituelle.

– J'attends quelqu'un, répond Fredonnet.

Ce qui n'est pas une réponse, de fait aucune question n'a été posée, mais une mise au point, ou une mise en garde.

– Oui, oui.

La salle est déserte, le service n'a pas commencé.

– Je ne crois pas vous connaître, dit Fredonnet d'un ton bref.

– Ah non, non, non. En principe, je ne traite pas avec des gens de votre importance. Avec les grands patrons. Ça se passe bien en dessous. Du reste, c'est la première fois que je suis en relation avec votre entreprise, la toute première fois, et vous avez encore moins de chances de me connaître.

– Si vous permettez, je…

Inconscience ou attentat, l'individu l'interrompt.

– Monsieur Maréchal n'arrivera pas avant une dizaine de minutes, peut-être un quart d'heure, il a été retenu, je crains que sa secrétaire n'ait pu vous prévenir. Je sais, c'est lui qui avait insisté pour déjeuner tôt, mais on ne fait pas toujours ce qu'on veut.

François Fredonnet fronce les sourcils. Comment cet homoncule sait-il qu'il déjeune avec Maréchal, que Maréchal a été retardé ? D'où lui vient cette hypothèse concernant sa secrétaire ?

– Comment savez-vous que… commence-t-il, et l'individu, ça devient une manie, l'interrompt encore.

– Cela nous laisse assez de temps pour régler notre affaire, qui n'en est pas une d'ailleurs, qui n'en est pas une. Il y a un renseignement que vous êtes seul à pouvoir me délivrer.

Délivrer un renseignement ! s'exclame intérieurement Fredonnet.

– Je ne vois absolument pas de quoi vous voulez parler.

– Bien sûr ! s'écrie joyeusement le petit bonhomme. Je ne vous ai encore rien expliqué. Cela ne prendra qu'une seconde.

Il brandit le cartable qui pend à son bras. Ce cartable est une des raisons pour lesquelles Fredonnet l'a immédiatement considéré comme un tocard. Les autres raisons : le costume, la chemise, l'apparence générale – François Fredonnet aime les gens minces, sportifs, soignés, ce qu'il se flatte d'être lui-même – et, bien entendu, les chaussures, il faut toujours regarder les chaussures.

L'homme balance grossièrement le cartable au bout de son bras devant le visage de Fredonnet, assis à sa table habituelle, dans son restaurant habituel, tandis que lui-même est toujours plus que jamais debout devant Fredonnet, bizarrement le dominant, alors que ce devrait en principe être l'inverse : Fredonnet assis, comme il a coutume de l'être dans son vaste bureau directorial, dominant d'en bas son interlocuteur debout, emprunté, se tortillant avec gêne et soumission, comme un collégien pris en faute. Tout semble aller de travers, et cette fois c'est Fredonnet, l'homme assis qui prend plaisir à humilier ses subordonnés en les maintenant debout devant lui, qui se sent dominé comme un suspect, assis, écrasé de questions pendant un interrogatoire de police par des hommes debout aux manches de chemises agressivement retroussées.

– Nous n'avons même pas besoin de sortir de papiers, claironne le personnage en cessant de brandir son cartable.

– Je vais vous demander de me laisser, monsieur, dit Fredonnet.

– Si vous voulez bien, je m'assois, ce sera plus commode pour parler.

Et l'homme s'assied sans plus de façons à la table de François Fredonnet.

– Il n'y en aura pas pour longtemps, nous ne serons pas dérangés, le service n'a pas commencé.

Cette dernière remarque est de toute évidence suscitée par le regard de François Fredonnet qui parcourt la salle désespérément vide, à la recherche sinon d'un secours, du moins d'un appui, d'un soutien.

Le casse-pieds prend ses aises : il a adroitement déboutonné, dans le mouvement, la veste de son costume, il ne manquerait plus qu'il desserre la ceinture de son pantalon.

Fredonnet se lève.

– Restez assis. S'il vous plaît. Qu'est-ce que cela vous coûte de m'accorder quelques minutes ? Monsieur Maréchal n'est pas là, vous êtes seul, sans journal, sans rien à lire, vous connaissez par cœur la carte de l'établissement, écoutez-moi. Après, promis, vous n'entendrez plus parler de moi. Restez assis.

Il le dit sans fermeté particulière, gentiment, comme une invitation, une prière, et non un ordre. Fredonnet se rassied en soupirant.

– Trois minutes.

Ton sec. De l'autorité.

– C'est plus qu'il ne m'en faut, se réjouit le personnage. Ensuite, vous pourrez déjeuner paisiblement avec votre ami. Je ne vous demande pas de le saluer de ma part, je ne le connais pas non plus.

On dirait que cela le rend heureux, ou bien de ne pas connaître Maréchal, ou bien d'en avoir fait l'aveu. Il émet un bruit inarticulé, quelque chose comme un rire contenu, avant de retrouver son sérieux, un sérieux de glace, et de poursuivre.

– Je suis enquêteur privé. N'allez pas vous imaginer. Je ne m'occupe pas de crimes ni d'infidélités conjugales. J'en ai fait, il faut bien vivre, je veux dire de l'adultère. C'est répétitif. J'ai arrêté, d'autres le font mieux que moi, je n'arrivais plus à m'y intéresser. Mes clients actuels sont surtout des assureurs. Bon, il y a les enquêtes après sinistre : déterminer les responsabilités, contester ceci ou cela, éventuellement négocier la restitution d'objets volés. J'en fais, mais mon vrai travail se situe plutôt en amont. L'évaluation du risque.

– Vous êtes détective privé ?

Ce petit bonhomme rondouillard, affable et bénin, un détective privé ! Alors qu'il ne ressemble à rien ! Puis Fredonnet se dit que c'est un atout de ne ressembler à rien, de passer inaperçu, tandis qu'être remarquable serait, en somme, une faute professionnelle.

– Je vous rassure tout de suite, je n'enquête pas sur vous.

– Si c'était le cas, vous ne me le diriez pas.

– Mais si, mais si, pourquoi se compliquer ? Je vous le dirais, cela va de soi.

L'homme dévisage benoîtement Fredonnet.

– Mon enquête porte sur un employé qui a quitté votre entreprise il y a un peu moins de sept ans.

Fredonnet ne peut retenir un sourire de pitié. Sept ans ! Et tous les employés qu'il a !

– C'est au service du personnel qu'il faut vous adresser, je veux dire à la DRH. Pourquoi cet ancien employé vous intéresse-t-il ?

– C'est un souscripteur, explique le personnage d'un ton mystérieux. Il a souscrit un très gros contrat auprès d'une compagnie d'assurances qui m'honore de sa confiance.

– Dans l'entreprise, ça entre, ça sort, nous sommes des dizaines de milliers rien qu'en France, je ne suis pas au courant de tout. Sauf quand il s'agit de collaborateurs importants.

– Un de vos très proches collaborateurs.

Fredonnet est ébranlé.

– Il y a sept ans ?

– J'ai interrogé votre DRH. Vous pensez bien que je ne vous embêterais pas s'ils avaient pu me donner la réponse. Départ négocié. C'est une sorte de licenciement en douceur, non ?

– Je sais de qui vous parlez.

François Fredonnet se tait. Il se souvient. Ça ne lui plaît pas.

– Départ négocié. Vous l'avez eue, votre réponse.

– Une séparation à l'amiable, commente le petit bonhomme. Rien à plaider de très solide d'un côté ni de l'autre, on se quitte sans faire d'histoires.

– Voilà.

– Ce n'est pas lui qui a choisi de partir. Il a été viré.

– Qu'en savez-vous ? repartit Fredonnet avec vivacité.

La faiblesse de cette réplique lui apparaît aussitôt.

– Appelez ça viré si vous voulez, dit-il. Le point important, c'est qu'il a accepté de partir. Que vous faut-il de plus ?

– Deux choses nous intéressent. Les raisons de son départ. Les raisons véritables. Et les conditions, disons, morales. Les obligations réciproques, les clauses de non-concurrence, tout ça.

Fredonnet soupire, jouant l'accablement.

– S'il demande des indemnités, il se réveille un peu tard. Autant que je me souvienne, il n'avait droit à rien. On lui a payé son préavis, une petite prime, et basta.

– Y a-t-il eu un accord formel ? Un document signé ? Ou bien seulement un engagement moral de votre part ? Un accord verbal ?

– Vous savez ce qu'on dit. Un accord verbal vaut exactement le papier sur lequel il est écrit.

– Un accord que vous n'avez pas respecté. Un engagement que vous n'avez pas tenu.

– Cet entretien est terminé.

Le petit bonhomme se tait.

La salle du restaurant commence à s'animer. Plusieurs tables sont occupées, le personnel s'active. Fredonnet se sent en meilleure posture. Comble du soulagement, il voit entrer son ami

Maréchal, qui est grand et fort. Deux patrons, deux dirigeants, deux hommes d'action et de décision, contre un misérable petit bonhomme. Le rapport de forces est nettement favorable, surtout si l'on y ajoute l'appui probable du personnel et de la direction du restaurant et l'intervention éventuelle du chauffeur de Maréchal, un costaud qui a servi dans la Légion étrangère.

Fredonnet regarde le petit bonhomme droit dans les yeux.

– Je n'ai plus rien à vous dire.

Ce que tu m'as dit me suffit, pense le petit bonhomme.

Il se lève, salue profondément François Fredonnet, puis son ami Maréchal qui vient d'arriver à la table. Maréchal le suit des yeux.

– C'est quoi, ce zigue ? demande-t-il à Fredonnet, qui lui semble préoccupé.

– Tu crois que ton chauffeur pourrait le suivre ? Savoir où il va ?

Maréchal est un peu étonné de cette requête, mais il se saisit de son téléphone.

– Milo ?

Il prononce quelques phrases dans une langue étrangère, puis, après avoir raccroché, se tourne vers Fredonnet.

– Tu peux lui faire confiance. Il était plus ou moins flic dans son pays avant de venir en France. Tu as commandé ?

– Tu parles sa langue ?

– Ma mère n'était pas française, répond Maréchal en s'asseyant face à Fredonnet, à la place exacte qu'occupait le petit bonhomme.

Tandis que les deux hommes consultent la carte avant de commander la même chose que la dernière fois, Milo et le petit bonhomme, l'un accroché aux basques de l'autre, se fondent dans le paysage urbain. Dans quelque langue qu'il ait parlé, Maréchal a donné de l'individu une description adéquate. Milo, son chauffeur, l'identifie sans peine quand il sort du restaurant et, laissant là la grosse Audi, entreprend de le suivre. Il sait faire. On ignore si, comme le prétend Maréchal, il a été véritablement policier dans son pays, un policier officiel, un fonctionnaire de police. La filature est en tout cas une activité qui ne lui est pas inconnue.

Le petit bonhomme, cartable à la main, s'éloigne d'un pas nonchalant. Milo se glisse dans son sillage.

Une bonne filature ne se fait pas seul, mais à plusieurs, on se relaie. Quand on suit quelqu'un seul, on peut aisément être démasqué. Milo ne sait pas que le petit bonhomme est un genre de flic privé. Il pense avoir affaire à un amateur. Le petit bonhomme ne montre aucun signe de méfiance. Il a l'air de savoir où il va, sans se presser, sans flâner non plus, comme un piéton banal qui doit aller, à pied, d'un endroit à un autre.

Milo est concentré, mais confiant et détendu.

L'ancien légionnaire n'est pas très grand, ni très trapu, mais en excellente forme. Entraîné. En outre, il est armé. Chauffeur de Maréchal, il est aussi son garde du corps. On lui a demandé de suivre cet homme. Il le suit sans se faire repérer.

Croit-il.

Devant une tranche de gigot pour l'un, une part de hachis Parmentier pour l'autre, car ils ont le goût d'une cuisine simple et robuste, François Fredonnet et Augustin Maréchal devisent. Ce sont des amis de toujours.

Ou plutôt non.

Ils se connaissent depuis longtemps, ils étaient ensemble dans la même grande école d'ingénieurs. En ce temps-là, à peine s'ils se disaient bonjour. Ils se sont liés plus tard. Ils ont réussi, ils ont fait carrière, ce qui les a terriblement éloignés de ceux de leurs camarades de promotion qui ont échoué ou végété, et les a rapprochés l'un de l'autre.

À l'école, Fredonnet, étudiant binoclard et fluet, au teint pâle, à la voix atroce, était à peu près invisible. On l'évitait. Depuis, il a fait ce qu'il fallait pour s'étoffer, et la haute position qu'il occupe désormais confère à son insignifiance un mystère vaguement menaçant. On le dit retors, renfermé, calculateur. Il l'est. Maréchal, à qui il fait peur car il le croit capable de tout, ne parvient pourtant pas à se débarrasser de l'image du gringalet que Fredonnet était jadis. Lui-même, quoiqu'il ait épaissi, continue à ressembler à celui qu'il était, grand et massif, parlant fort, on n'entendait que lui. (Le type de l'étudiant sonore.) Il existe sur lui, étudiant, quantité d'anecdotes drolatiques, truculentes – enfin, ce que vous voudrez, la chanson de geste du fils de famille.

Leur conversation consiste d'ordinaire : en commérages sur le monde de la finance et des affaires, commérages mesurés, parce qu'on ne sait jamais ; en confidences graveleuses, Maréchal est un homme à femmes, qui n'hésite pas à se décrire lui-même comme tel, le fat ; en nouvelles des familles, épouses, divorces, enfants ; en considérations politiques convenues, qui reflètent sans surprise le point de vue du patronat, ce qui est bon pour les entreprises est bon pour le pays ; et en commentaires sur les films vus, les romans lus, les célébrités mortes dans le mois ou dans la semaine. (Beaucoup d'amis véritables ne font guère mieux. La différence, c'est l'amitié.)

Ce jour-là, il y a de l'inédit, de l'inattendu. François Fredonnet et Augustin Maréchal ont quelque chose à se dire.

– Explique-moi, demande ce dernier, explique-moi aux trousses de qui j'ai lancé mon chauffeur, l'ancien policier balkanique qui se trouve être aussi mon garde du corps.

Fredonnet se fait un peu prier, puis raconte. Les étranges propos du petit bonhomme sur le retard probable de Maréchal, son insistance à lui parler.

– Il voulait quoi ?

– Des informations sur un de mes anciens collaborateurs. Étienne Manadier.

Fredonnet hésite, avant d'ajouter :

– Je l'ai viré il y a sept ans.

– La belle affaire. Moi, j'en ai viré deux cents la semaine passée. (Humour patronal.)

Maréchal se sent soudain honteux de cette saillie lâchée pour briller devant Fredonnet. D'autant plus qu'il ment : la charrette de licenciements n'a pas encore eu lieu et ne doit emporter qu'une trentaine de salariés. Il tente de se reprendre.

– Il n'est jamais agréable de licencier.

Fredonnet acquiesce.

– Ce n'est pas un bon souvenir. Un jeune, il sortait de Sciences Po. Je cherchais quelqu'un pour faire remonter les informations des filiales, tu connais ça.

Maréchal connaît ça seulement par ouï-dire. Son entreprise est minuscule comparée à l'empire géré par Fredonnet. Néanmoins, il fait comme si cette problématique lui était familière, lui qui n'a pas toutes ces filiales dont se gargarise Fredonnet :

– On crée un circuit supplémentaire dans l'entreprise pour accroître le contrôle sans le dire.

– Voilà, renchérit Fredonnet avec fougue. On fabrique de la méfiance, de l'émulation, des jalousies, c'est une mise en garde adressée aux éventuelles baronnies, aux planqués, à la routine et aux routiniers.

Fredonnet est heureux d'être si bien compris. Peut-être sous-estimé-je Maréchal, pense-t-il. Il comprend les choses.

– Pour cette mission, Manadier était un choix parfait, reprend-il. Tout juste diplômé, bourgeoisie parisienne, présentant bien, cultivé et serviable. On lui donne barre, en dépit de sa jeunesse, sur des directeurs, qui s'interrogent : danger, il est protégé, il a un accès direct au président ; on lui suppose des liens de famille avec moi ou avec ma femme, ou bien avec des actionnaires importants.

– Manadier, rêve Maréchal. Ça fait camarguais. Les troupeaux, les élevages. Les gardians.

Fredonnet ne sait rien des manades ni de la Camargue.

– Étienne Manadier, il me plaisait bien, dit-il.

– Il a fait des conneries ?

– Non. Sérieux, appliqué. Dévoué. Rigoureux. Parfois brillant.

– Alors pourquoi le licencier ?

– Ce n'était pas à proprement parler un licenciement. Départ négocié.

Maréchal s'esclaffe (puisque cela revient au même).

– D'accord, mais pourquoi ?

Fredonnet se tait. Maréchal tente une autre question :

– Au nom de quoi voulait-il savoir tout cela, ton petit bonhomme ?

– Il prétend travailler pour des assureurs, mais je n'y crois pas beaucoup.

Fredonnet mentionne sa qualité de détective privé.

– Il fallait le dire ! Il faut que je prévienne Milo. C'est un professionnel, il faut qu'il sache à qui il a affaire.

Fredonnet s'étonne de l'affolement de Maréchal.

– Tu aurais dû me le dire, répète sévèrement Maréchal, qui appelle aussitôt Milo.

Milo a dû couper la sonnerie de son portable. Maréchal lui laisse un message, toujours dans sa langue, de sorte que Fredonnet n'en comprend pas un mot.

L'enquêteur privé Régis Tissier (c'est son nom), se sachant suivi, a gardé la contenance qu'il avait adoptée avec Fredonnet, celle, aux yeux de ce dernier, d'un parfait tocard. L'envie lui prend tout d'un coup de s'amuser aussi aux dépens de Milo. Ce n'est pas une très bonne inspiration. Milo est terriblement susceptible, il l'a prouvé à maintes reprises quand il était milicien dans son pays natal. On ne joue pas avec lui.

À la seconde où il est sorti du restaurant, Régis a reconnu le chauffeur d'Augustin Maréchal. Il se doute bien que ce chauffeur est aussi un peu garde du corps. Rien de grave : il ne voit pas pourquoi Maréchal, qui selon lui n'est pas un génie, aurait un chauffeur-garde du corps de qualité supérieure. Il prend Milo pour une sorte de prof de gym qui pratique les arts martiaux, un gros bras pas très malin.

Régis sous-estime Milo, comme de son côté, ignorant qu'il est enquêteur, Milo sous-estime Régis. Il faut ajouter, de façon plus générale, que Régis sous-estime les profs de gym et que Milo tient les Français pour un peuple ramolli. Ce sont des gens, le suiveur et le suivi, qui partent sur de mauvaises bases.

Régis feint subitement de s'être égaré, il fait demi-tour et passe devant Milo en affectant de ne pas le remarquer. Milo pourrait suspecter une manœuvre destinée à déjouer une éventuelle filature ; comme il a employé les dix minutes précédentes à se faire une idée fausse de Régis, cela ne lui traverse pas l'esprit. Il le laisse passer, puis fait demi-tour et recommence à le suivre, se dit-il, avec art.

Quelques instants plus tard, Régis remet ça. Arrêt. Déchiffrage des plaques de rues. Brève délibération intérieure. Demi-tour, sens inverse, il repasse devant Milo qui finit par se demander, sans y attacher d'importance et sans donner suite, s'il ne devrait pas être en alerte. De nouveau, Régis ne montre en rien qu'il l'a repéré.

Quand il revient pour la troisième fois sur ses pas, après le même jeu de scène de moins en moins convaincant, arrêt, demi-tour, Régis plante soudain son regard dans celui de Milo et lui adresse un sourire narquois.

Ne jamais croiser le regard de la personne que l'on suit. En aucun cas. C'est une règle de base. Milo devient rouge vif. Il est humilié.

Il hésite à abandonner la filature, l'orgueil l'emporte sur le bon sens, il s'obstine.

Il vient pourtant d'écouter sa boîte vocale. Il sait désormais qui est Régis, un enquêteur privé, un pro. Il peste, on aurait pu le lui dire plus tôt, au lieu de voir là un argument qui justifie l'abandon de la filature, la responsabilité de son échec ne lui étant plus imputable.

Entre-temps, Régis s'est présenté à l'entrée d'un grand magasin.

Voici maintenant, fulmine intérieurement Milo, que ce bâtard s'imagine qu'il va me semer avec le vieux truc pourri du grand magasin.

Régis se prête complaisamment à la fouille d'un vigile colossal mais fort nonchalant, pour ne pas dire négligent, qui en réalité ne le fouille pas et ne vérifie rien. Milo presse le pas. Avec lui, la conduite du vigile change du tout au tout : il se montre d'une rigueur sourcilleuse, le palpe d'abondance, l'arrose des ondes maléfiques de son détecteur de métaux, pendant que Régis s'éloigne en sifflotant dans le rayon parfumerie où des flacons scintillent dans un chaos d'odeurs.

Milo bouillonne. Il évalue le vigile. L'attaquer ? Le mettre en quartiers ? L'homme est très grand, extraordinairement athlétique, avec des épaules à lui manger le cou. Il semble de taille à se défendre hardiment. Milo hésite. Le détecteur de métaux se met à sonner : Milo a oublié qu'il portait une arme.

– J'ai un permis, je suis garde du corps, explique-t-il précipitamment.

Le vigile n'a cure de ses explications. Il le maîtrise au moyen d'une variante très tonique du bien connu « double Nelson », on voit qu'il a étudié la question, et appelle ses collègues à la rescousse. Milo est bientôt entouré de mastards aguerris et résolus, dont l'un éructe à l'intention du vigile : « Qu'est-ce qu'il te veut, ce raciste ? » Une phrase qui peut faire craindre le pire à Milo (il est indiscutablement raciste, mais comment l'ont-ils deviné ?), tant cette accusation, quand on est à la merci d'un Noir de près de deux mètres de haut, peut avoir de lourdes conséquences.

Milo détient un permis de port d'arme. Il ne lui arrivera rien. En revanche, il est maintenant certain qu'il a perdu Régis. Il est fou de rage.

Il aurait mieux valu pour Régis qu'il le sème sans forfanterie. Par une plaisanterie qu'il croit sans conséquence, il vient de se faire un ennemi mortel.

C'est à Violette que l'enquêteur privé Régis Tissier rend compte. Il s'est renseigné sur elle. On lui demande d'enquêter sur des gens, il peut bien, après tout, enquêter sur ceux qui le lui demandent. Outre la préoccupation bien légitime de s'assurer de la solvabilité du client, il ne veut pas être mêlé à quelque chose qui serait répréhensible ou moralement condamnable. Dans la plupart des cas, la question ne se pose pas, on baigne dans la banalité.

Violette, par exemple, ne cherche pas à se cacher. En cinq minutes sur Internet, on sait d'où elle vient, quels sont ses diplômes, sa carrière, son employeur (la Fondation Courage). Cependant, le bon de commande reçu par Régis n'a été émis ni par la Fondation Courage ni par Violette à titre personnel, mais par une obscure société d'études et de conseil, filiale d'une deuxième société d'études et de conseil, laquelle facture ses services brumeux à d'autres sociétés d'études et de conseil, et ainsi de suite, dans une confuse sarabande où, de temps à autre, aux mots magiques d'études et de conseil s'ajoute celui de communication. Impossible de savoir en définitive qui paie, qui est le client véritable. Des gens très prudents, à moins qu'ils ne soient totalement stupides, parce que, tout de même, le conseil et la communication, question discrétion… En tout cas, ce sont de bons payeurs. C'est l'essentiel. S'ils ont envie de se prendre pour des agents secrets, ça les regarde.

La demande de Violette l'avait étonné. Pourquoi s'intéresser à un licenciement vieux de sept ans ? Violette lui avait répondu que c'était justement parce qu'on en comprenait mal la raison.

– Pourquoi vouloir la comprendre ?

– Pour ne plus se poser de questions, lui avait-elle dit en souriant.

Régis ne sait rien d'elle que d'inessentiel. Elle a l'apparence qu'il faut pour qu'on ne la soupçonne pas de prendre part à quoi que ce soit de douteux. Il s'en contente. Une toute jeune femme, presque une petite fille, pimpante, coquette, simple et lumineuse, l'air de sortir de la messe. Brillante : outre ses longues études, Régis, à plusieurs reprises, a été impressionné par l'acuité de ses questions, l'étendue de ses connaissances, la pertinence de ses décisions. Sur le plan intellectuel, c'est du solide, se dit-il. Il la regarde en s'efforçant de ne pas y mettre d'insistance.

Si j'avais une fille, j'aimerais qu'elle lui ressemblât. Toujours attentive, toujours nette, directe sans être brutale. Il trouve qu'elle s'habille avec beaucoup de goût, et il a raison. Cela peut étonner, puisque lui-même s'habille comme un sac. C'est qu'il a renoncé à plaire depuis longtemps. Depuis quand ai-je renoncé à plaire ? D'où lui vient cette question idiote ? se demande-t-il. Il réfléchit et situe son renoncement à plaire au moment de son entrée en sixième, ou même un peu plus tôt. Pourtant, il y a eu un avant. Il n'a pas toujours été ainsi, un petit garçon déçu, un adolescent solitaire, un homme sans charme. Il a dû se passer quelque chose. Il y a nécessairement eu un déclic, un épisode décisif. On devrait pouvoir le dater.

Régis réfléchit encore. Est-ce d'avoir Violette en face de lui ? Ce sont des pensées tristes.

Il se reprend. Il pense : Je suis comme je suis et je n'en souffre pas. Je suis comme je suis et je n'en souffre pas.

Il sourit à Violette.

– Ainsi, monsieur Fredonnet ne vous a rien dit, répond-elle au sourire de Régis.

– Monsieur Fredonnet n'a rien dit, mais son attitude démontre par a + b qu'il y a quelque chose de pas clair.

– Par a + b, répète Violette, amusée, et elle sourit à son tour à Régis, qui en est tout retourné.

– C'était manifeste. Quelque chose de gênant et qu'il veut cacher, qui concerne aussi bien la raison du licenciement que ses suites.

Violette l'interroge du regard. Régis laisse la question flotter comme si elle avait dit quelque chose de vague et d'illimité, de louche et de renversant. Violette se demande ce qui cloche chez lui. Rien. C'est un jeu.

– Les causes du licenciement étaient très certainement douteuses, ou plutôt : sans fondement. Il y a donc eu un accord entre eux, que monsieur Fredonnet n'a pas respecté.

– Il vous l'a dit ? se moque Violette.

– Pas dans ces termes. Je l'ai vu sur sa figure, je l'ai entendu dans ses mensonges. De façon indubitable. C'est mon métier, je le fais bien.

Face à Violette, il lui arrive de se montrer glorieux.

– Il est possible de le vérifier, poursuit-il. Vous m'avez dit que Manadier n'avait pu retrouver de travail par la suite. Il a dû contacter des entreprises. Son profil était séduisant, sa candidature valait la peine d'être étudiée. On a forcément interrogé son précédent employeur. Monsieur Fredonnet a dû donner des instructions pour qu'on n'en dise pas de bien. Il n'est même pas nécessaire de dénigrer. Les réserves, les réticences à peine formulées sont largement suffisantes. Il y a des codes implicites.

Violette lui tend une feuille de papier. C'est la liste des entreprises démarchées par Étienne Manadier.

– Faites attention, dit-elle à Régis.

– Ils ne sauront même pas que c'est une enquête.

Au moment où ils se séparent, Régis ne peut se retenir de se vanter une fois encore.

– Quand j'ai quitté le restaurant, monsieur Fredonnet m'a fait suivre. Il a demandé au chauffeur de monsieur Maréchal de me prendre en filature.

Il affiche un contentement enfantin.

– Je l'ai semé très facilement.

Quelque temps plus tard, après que Régis Tissier a mené à bien son enquête auprès des employeurs qui n'ont pas voulu d'Étienne Manadier, se tient une réunion de suivi au siège de la Fondation Courage, dans le bureau même de sa présidente, Jeanne-France Courage, et en sa présence. Outre Violette, y participent Odile Klein, une de ses proches collaboratrices, et le directeur des opérations de la fondation, Paul Marquis.

Violette expose les résultats obtenus.

Le licenciement d'Étienne Manadier, son prétendu départ négocié dont nul ne connaît la cause, est bien le fait du seul François Fredonnet, lequel éprouve encore aujourd'hui, sept ans plus tard, un vif embarras à en parler.

– En est-on certain ? demande Paul Marquis.

– Le fait que Fredonnet ait jugé bon de faire suivre notre enquêteur est une preuve suffisante. Mais Tissier…

– Tissier ?

– Régis Tissier, l'enquêteur.

– Ah, pardon, jusqu'ici, vous ne l'appeliez que Régis. C'est son vrai nom ? Régis Tissier, vrai justicier, c'est drôle.

– Tissier n'a trouvé aucun autre motif que le bon plaisir de Fredonnet. Il a examiné les démarches d'Étienne Manadier pour retrouver du travail. Il a contacté la plupart des employeurs qui avaient montré de l'intérêt pour lui. Tous s'étaient évidemment renseignés sur lui.

– Ils ont appelé Fredonnet ?

– Bien sûr que non. Ils ont appelé la DRH. Et chaque fois, visiblement en fonction d'instructions formelles, on les a renvoyés à Fredonnet lui-même, sous l'étrange prétexte que c'était le seul à avoir été en relation constante avec Étienne Manadier.

– Ils ont dû être fort étonnés. On ne dérange pas pour si peu le président d'un groupe mondial.

(Il faut imaginer l'obscur(e) numéro deux ou trois de la DRH d'une entreprise moyenne en train de discuter de l'embauche éventuelle d'un collaborateur âgé de vingt-cinq ans [en fait, vingt-sept] avec François Fredonnet en personne. Ce serait à peu près comme d'acheter sa place de cinéma directement à Quentin Tarantino, Joaquin Phoenix ou Robert Redford pour aller voir l'un de leurs films à l'Artistic de Sommières.)

– Selon Tissier, reprend Violette, Fredonnet a systématiquement démoli Étienne Manadier, quel que soit l'interlocuteur, quelle que soit la fonction à laquelle Manadier postulait. Il l'a fait tantôt de façon subtile, par des allusions et des demi-silences, tantôt ouvertement, quand il craignait que cela ne suffise pas. Il lui est même arrivé de joindre de son propre chef un dirigeant d'entreprise dont il lui était revenu qu'il s'intéressait à Manadier et de le décourager en disant « Vous feriez une grave erreur », et ainsi de suite.

– Quel ignoble individu ! s'exclame madame Courage.

Elle tire la conclusion qui s'impose :

– Je pense que nous en savons assez.

– Pas assez pour agir, proteste Marquis.

De toute la réunion, Odile Klein n'a pas desserré les dents.

À la suite de son licenciement par François Fredonnet, Étienne Manadier avait sombré. Ses tentatives de retrouver du travail échouaient l'une après l'autre. Au bout d'un moment, il ne fit plus rien et but beaucoup. Cela dura plusieurs années et, en somme, dure encore à cet instant du récit.

Ces mêmes années avaient vu l'ascension de Violette. De brillantes études supérieures, diplômée d'une école ingénieurs, puis de grandes écoles de commerce en France et aux États-Unis. Les premiers postes qu'on lui offre sont magnifiques, grosses responsabilités, émoluments renversants. Elle demande à réfléchir et décide finalement de postuler dans une fondation. Sans le dire, sa famille est un peu déçue. Violette est pourtant très bien payée. C'est le mot « fondation » qui coince. On la considère désormais comme une idéaliste. La fondation se nomme H&E, Health and Education Foundation. Elle est américaine. Violette est embauchée dans sa filiale française qui a fusionné avec une fondation locale dont elle a pris le nom, la Fondation Courage.

La philanthropie de H&E et de sa branche française la Fondation Courage est innombrable. On n'en finirait pas d'explorer l'étendue et la diversité de son champ d'action. Il y a ce qui va de soi, bourses d'études, financement d'écoles, de chaires d'université, dons à des musées et des bibliothèques, subventions pour la recherche médicale, soutien aux patients hospitalisés et à leurs proches, organisation de campagnes de vaccination et de prévention ; mais aussi création de refuges pour femmes battues ou pour adolescents dont les familles n'acceptent pas l'orientation sexuelle, actions en faveur des sans-abri, assistance à ceux qui vieillissent seuls. Chaque jour de nouveaux besoins, chaque semaine de nouveaux secours. Sélectionner les heureux élus, les accompagner, contrôler l'usage qu'ils font de l'argent versé sans se montrer importun ou pesant : c'est la tâche de Violette et de quelques autres.

La gestion de la fondation, citée partout en exemple, est d'une rigueur absolue. C'est ce qui attire tant de jeunes surdiplômés comme Violette, certes désireux d'être utiles, mais qui savent très bien que leur passage par la fondation ne causera aucun tort à leur carrière. Au contraire. Ils auront été recrutés par une fondation dont les embauches sont archi-sélectives et auront œuvré à l'intérêt général. Cela ennoblira leur CV.

Quand elle rencontre Étienne, Violette est salariée de la fondation depuis un an. C'est le moment où ses semblables songent déjà à valoriser leur expérience, c'est-à-dire à se tirer pour aller voir ailleurs et gagner plus. Pas elle. Elle se plaît à la fondation, où ses qualités ont été remarquées.

Ce soir-là, Violette retrouvait quelques anciens de sa promotion, ou plutôt de l'une de ses promotions, puisqu'elle est diplômée de plusieurs écoles. Des gens, pour la plupart, qu'elle avait fort peu revus et auxquels elle ne pensait jamais. Quelques jours plus tôt, elle était tombée par hasard sur Bertrand.

– On fait des dîners entre nous de temps en temps, ce serait sympa si tu venais, tu verras, c'est sympa, on se marre bien, on échange.

(Faiblesse du vocabulaire.)

Violette accepta dans l'intention de se défiler au dernier moment. Elle ne le fit pas. Elle maugréait contre elle-même, elle se jugeait ridicule d'y céder, mais la curiosité l'emporta.

Au restaurant, le dîner d'anciens se révèle distrayant. Ils ne sont pas nombreux, une dizaine, surtout des garçons, presque tous mariés, y compris Florent, pour lequel on n'aurait pas cru, mais on vient seul, sans les conjoints.

La conversation générale consiste en blagues et en mots d'esprit, en anecdotes ; des allusions aux années d'études, l'évocation de souvenirs cocasses. De temps à autre, on parle de son métier afin d'exhiber la vision qu'on en a.

Les divergences d'opinions sont soigneusement éludées. Ces dîners se veulent légers, vaguement idiots, sans conséquence, un peu poussifs. Bertrand n'a pas menti : c'est sympa. Cependant le voisin de Violette lui raconte à mi-voix que c'est avec un homme que Florent a convolé. Ce qui explique.

Un incident vient assombrir brièvement la soirée. Un client du bar, visiblement ivre mort, se met à parler un peu fort quand on le presse de rentrer chez lui. Non qu'il s'y refuse, bien qu'il soit encore tôt, mais il essaie de dire quelque chose, avec bonne humeur. Il a largement moins de quarante ans, il est à peine plus vieux que ceux de la tablée, mais paraît pas mal démoli.

L'incident, c'est qu'il fait un ample geste théâtral et tombe à grand fracas de son tabouret.

Il se relève, se confond en excuses, partagé entre le fou rire et la grimace, il s'est blessé, le verre s'est brisé, il saigne, mais si peu. On l'aide à se rasseoir, on le remet debout pour lui passer la main sous l'eau, on lui tend un mouchoir en papier, on le fait asseoir de nouveau.

Les camarades de promotion de Violette se taisent. Ils n'ont pas envie de rire de l'ivrogne. Sa manière de s'habiller, son maintien, sa façon de s'exprimer, ce qu'il en subsiste, ce que l'alcool en laisse subsister, tout respire les bonnes études, la bourgeoisie, un passé de dandy bon genre. C'est le modèle qu'ils s'efforcent de reproduire : une nonchalance élégante, informée, étudiée. Doivent-ils craindre de lui ressembler un jour ? On n'est pas à l'abri de l'alcoolisme. Si quelque chose tournait mal dans quelques années ?

L'homme s'est réfugié au coin du bar, il a été autorisé à commander un autre verre. On l'oublie. La conversation reprend.

Bertrand, qui s'est débrouillé pour être le voisin de Violette, la questionne sur la fondation. Ce drôle de nom, Courage. Violette parle d'Henri Courage, dont la présidente de la fondation, Jeanne-France, est la veuve. C'était un chimiste, il a inventé des substances, des procédés, en les exploitant il a gagné immensément d'argent, grâce auquel il a créé la fondation qui porte son nom. Violette passe rapidement sur la fusion de la Fondation Courage et de la branche française de H&E.

– Que faites-vous, exactement ?

– Beaucoup de choses.

– Mais toi, précisément, Violette ?

Elle lui explique : chaque jour de nouveaux besoins, chaque semaine de nouveaux secours. Le choix, le contrôle, le suivi, les bilans périodiques, les missions sur le terrain.

Elle est bien rodée, elle tient en réserve quelques exemples significatifs, des récits touchants, des situations pas banales. Du vivant, du pittoresque.

Bertrand l'écoute. Elle sent qu'il est un peu jaloux. Elle coupe court, lui demande de parler de lui.

– Au moins, rit-il, je ne suis pas dans la finance, comme, laisse-t-il supposer, nombre de leurs camarades.

Il supervise la stratégie marketing et le développement d'une ligne de produits chez un fabricant de ceci ou de cela, le positionnement de la marque, les équipes commerciales, la gestion des points de vente, la traque des contrefacteurs, la veille concurrentielle. (Rien que des questions de cours : Bertrand tire le meilleur parti de l'enseignement reçu à l'école de commerce.)

Évidemment, se dit Violette, les cosmétiques, le tissu d'ameublement, les manuels périscolaires, la parapharmacie, cela vous a tout de suite moins d'allure que la Fondation Courage.

Comme Bertrand l'ennuie, elle s'applique à prendre un air captivé.

Soudain, les autres rient tous ensemble à une grosse blague que ni Bertrand ni elle n'ont entendue. Sentiment instantané d'exclusion chez Bertrand.

Il demande à Violette s'ils ont couché ensemble quand ils étaient à l'école.

– Je ne me souviens pas, dit Violette.

– Moi, je m'en souviens, dit Bertrand.

– Alors pourquoi poses-tu la question ?

– Parce que je m'en souviens.

Violette ne dit pas la vérité. Il y a pas mal de garçons dont elle a oublié si oui ou non elle a couché avec eux. Bertrand n'en fait pas partie. Néanmoins, bien qu'elle se rappelle qu'ils ont passé une nuit, une seule, ensemble, elle sait que ce n'est pas très important.

En sortant du restaurant, Bertrand essaie de la cramponner, en cette période de vacances scolaires sa femme est probablement chez ses parents avec les enfants et le bébé.

Quand Violette réussit enfin à se débarrasser de lui, elle aperçoit un homme sous une porte cochère. Elle le reconnaît. C'est l'ivrogne du restaurant. Il est assis par terre, simple et digne. Elle s'approche.

– Vous comptez rester ici toute la nuit ?

– Qui êtes-vous ? Je vous connais ?

– J'étais dans le restaurant où vous êtes tombé, au bar.

– Manque d'équilibre.

– Vous seriez mieux chez vous.

– Il ne fait pas froid. Ce n'est pas comme si c'était l'hiver.

Il se lève, il paraît encore moins stable que dans le restaurant, à peine s'il tient debout, il a dû boire un ou deux verres de plus. Il est indécis, elle le regarde, elle se sent remuée. Remuée.

Sans Violette, il retomberait assis.

– Merci, dit-il.

– Où habitez-vous ?

– Tout près. Je m'éloigne de moins en moins. C'est à quelques pas. On peut marcher.

Sans Violette, il n'y parviendrait pas. Il faut presque le porter. Il pèse lourd sur son bras et son épaule. Elle a l'impression de quelque chose de très difficile, une épreuve, un terrible fardeau. Elle éprouve en même temps une exaltation, qu'elle ne s'explique pas, ne souhaite pas comprendre, mais qui lui plaît, à traîner dans les rues calmes du VIe arrondissement ce bourgeois désarticulé démantibulé. Comme un devoir, une mission.

– Vous avez beaucoup bu.

Il ne sait plus trop où il va, se trompe de rue, les fait revenir sur leurs pas. Violette finit par lui demander son adresse.

– C'est une petite rue, vous ne connaîtrez pas. J'y habite depuis ma naissance, et je me perds encore.

Devant l'immeuble, l'ivrogne fait le fier. Le code d'entrée, au moins, il ne l'a pas oublié. Il le compose. Rien. Violette l'éclaire avec son téléphone mobile, il réessaie. Toujours rien.

– Vous êtes certain d'habiter ici ? Ce n'est peut-être pas le bon code.

Deux hypothèses contradictoires.

– C'est chez moi, je reconnais. On va frapper.

– Il est tard.

– Je peux bien frapper pour entrer chez moi, déclare-t-il d'un ton solennel. Quelle que soit l'heure.

Il s'apprête à le faire, le poing levé, se ravise. Quelque chose vient de lui revenir.

– Attendez. Le code a changé, dit-il. On a changé le code. Aujourd'hui même.

Il réfléchit.

– On m'a donné le nouveau code et enjoint de le noter, tant on se méfie de moi. Une partie de ma famille me considère comme alcoolique et irresponsable. Où ai-je bien pu le noter ? Ah, je sais !

Il retrousse sa manche et découvre le code recopié sur son poignet. Mais comme il n'arrive pas à lire en même temps le code à l'intérieur de son poignet et à le composer sur le clavier mural, c'est Violette qui s'en charge et obtient l'ouverture de la porte.

Ils entrent dans l'immense cour d'un bel hôtel particulier, que Violette estime dater de la fin du XVIIIe siècle.

C'est ainsi que Violette fit la connaissance d'Étienne Manadier. Déplorant l'absence d'ascenseur, il lui suggéra de l'abandonner là, dans la vaste cage d'escalier, ce ne serait pas la première fois qu'on l'y découvrirait au matin, endormi sur les marches de pierre.

– C'est un immeuble de famille, mes frères ont l'habitude de me retrouver dans cet état, mes nièces, mes neveux, mes belles-sœurs aussi, je suis la honte de la famille, la honte de l'immeuble. Les locataires se plaignent, je me moque de ce qu'ils peuvent penser, qu'ils aillent se plaindre à ma mère, d'ailleurs ils ne s'en privent pas, ils l'accablent de doléances.

Violette entendait bien l'accompagner jusqu'à son appartement.

– Au quatrième, sans ascenseur, insista-t-il, et les deux derniers étages sont rudes. Cet escalier majestueux que vous voyez (il buta sur le mot majestueux) ne dessert que les étages nobles. Ensuite, une sorte de raidillon.

Ils montèrent. Dans l'escalier, Étienne tomba deux fois, et deux fois Violette le releva.

Ce soir-là, Violette n'apprendra rien d'Étienne Manadier. Il n'est pas en état de parler. Sitôt dans l'appartement, et c'est encore Violette qui a dû lui prendre des mains son trousseau de clefs pour entrer, il se dirige vers la chambre, se débarrasse de son blazer et de ses mocassins, et s'effondre tout habillé sur son lit. Quelques minutes plus tard, il dort du pâteux sommeil des alcooliques, tandis que Violette furète dans l'appartement en touriste. Elle note de jolies choses, des meubles de famille, les tableaux et les gravures aux murs, un beau tapis, des livres qu'elle examine distraitement (la bibliothèque d'un vieux jeune homme de droite un peu poseur). Des romans récents, surtout des traductions, il va dans les librairies, se dit-elle. Tout est propre et rangé, l'appartement entretenu, une femme de ménage plusieurs fois par semaine, ou même chaque jour, les chemises repassées, les vêtements sortis du pressing. On prend soin de lui, sa mère, sans doute. Une partie de tout cela semble pourtant à l'abandon, comme la trace d'une vie passée qu'on n'habiterait plus. Beaucoup de disques, aucun de musique classique, ni Mozart, ni Beethoven, ni Schubert, pas d'opéra, pas de jazz, rien de français, de la variété anglaise et américaine de bon niveau, il s'y intéresse, ce sont des choix de connaisseur, mais qui datent un peu, se dit Violette, les goûts d'une génération intermédiaire entre celle de mes parents et la mienne.

Dans la cuisine, plusieurs bouteilles d'alcools forts, vides. La femme de ménage ne les débarrasse qu'une fois par semaine.

La Fondation Courage dispose d'un conseil d'administration d'un chic absolu, où ne siègent que des hommes et femmes riches, admirables, éclairés, reconnus, dévoués, inattaquables. Faire partie de ce conseil confère une dignité bien supérieure à celle octroyée par la plupart des décorations françaises et étrangères. Jeanne-France, veuve du chimiste Henri Courage, âgée maintenant de quatre-vingt-sept ans, le préside.

En raison de son âge, certains des administrateurs ne la prennent pas très au sérieux.

Les années n'ont pourtant pas entamé la capacité de Jeanne-France Courage à s'impliquer dans la marche de la fondation, à laquelle contribue aussi sa fortune personnelle, sans cesse alimentée et renouvelée par l'exploitation des brevets de son défunt mari. Quand nous la montrerons en train d'agir, nous verrons que les administrateurs sceptiques ont grand tort de la sous-estimer.

Ce qui les aveugle, c'est qu'elle remplit sa fonction officielle avec douceur, aisance et distance. Elle délègue à fond. À son directeur général, le rigoureux Pierre Giraudoux (sans lien avec l'écrivain), particulièrement, elle laisse la bride sur le cou. On en oublie (lui-même en oublie parfois) qu'elle n'en est pas moins vigilante et que la bride ainsi lâchée est toujours prête à être raccourcie.

Jeanne-France Courage affecte de laisser la fondation vivre sur son erre, d'y faire de la figuration. Cependant elle s'est réservé la direction d'une entité cachée, développée dans l'obscurité, et dont l'activité est entièrement clandestine.

Personne ne la connaît, elle a été conçue pour rester secrète.

C'est la Société Monte-Cristo. Le cercle de la vengeance, le cercle de la réparation.

Tremblez, vous qui avez cru que vos méfaits demeureraient à jamais impunis.

À la fin du compte rendu très fameux qu'il livra des faramineuses aventures du marin Edmond Dantès devenu comte de Monte-Cristo, l'historien Alexandre Dumas (le père de l'auteur de *La Dame aux camélias*) le montre s'en allant sur la mer. Le navire qui l'emporte avec la belle Haydée est déjà si éloigné qu'on n'en distingue plus, à l'horizon, qu'« une voile blanche grande comme l'aile d'un goéland ».

Ce sont les propres termes de Dumas, qui termine ici son récit, nous laissant en compagnie de comparses sans rien dire de la destination du comte, de la taille ni du type du bateau qui l'emporte.

Or l'histoire d'Edmond Dantès ne s'arrête pas là. De nouvelles aventures l'attendent, d'une nature bien différente.

Ce n'est pas vers l'Orient que ses voiles le portent, comme on l'a cru à tort, et comme, peut-être, Dantès lui-même a voulu le faire croire, mais vers la lointaine Amérique.

Vers les jeunes États-Unis.

Dantès n'arrive pas en Amérique les poches vides. En dépit de ses libéralités, de sa générosité, des dons innombrables qu'il a dispensés à toutes sortes de gens, il est toujours super-blindé. Doit-il pour autant mener l'existence futile et mondaine du millionnaire oisif ? Ce qu'on appelle la société, la bonne société, finances, sports, loisirs et relations de cercles, ne l'intéresse guère, il ne s'y est taillé jadis une place que pour y servir ses desseins et poursuivre ses ennemis. À son arrivée à Boston, on l'invite : Serez-vous des nôtres mardi, comte ? Les habitants du Nouveau Monde sont sensibles aux titres de noblesse de la vieille Europe.

Haydée et lui prennent la fuite. Ils bazardent nom et titre bidons, renoncent même à s'appeler Dantès, un patronyme que nombre de leurs nouveaux compatriotes peinent à prononcer, à cause, notamment, de l'accent grave qui fait espagnol.

Edmond et Haydée se fondent dans un anonymat protecteur. La masse d'argent qui leur reste est employée à créer des entreprises dans l'agriculture, l'industrie, le commerce, les transports, la finance, les mines, le pétrole.

Plusieurs d'entre elles se développent de manière fabuleuse. Edmond Dantès est né pour diriger, il exerce, dit le biographe de la partie européenne de son existence, un « prodigieux ascendant sur tout ce qui l'entoure ».

Sa réussite est colossale. Il est arrivé dans les années 1840. À sa mort, presque un demi-siècle plus tard, il laisse une fortune mille fois plus considérable que celle de ce comte de Monte-Cristo dont il a cessé de porter le titre et le nom.

Les éminentes qualités d'entrepreneur de Dantès sont loin de s'être transmises à ses descendants. Les quatre filles et les sept fils d'Edmond et Haydée renoncèrent sagement à l'action au profit de la pure gestion de patrimoine. À l'issue de mouvements financiers d'une complexité et d'une opacité impénétrables, la fortune Dantès prit la forme d'un vaste entrelacs de participations diverses, actions, titres de propriétés, biens fonciers, sociétés-écrans, holdings et fonds variés à la destination nébuleuse.

Haydée avait commencé elle-même cette réorientation. Elle avait perçu la première qu'aucun de leurs nombreux enfants n'approchait l'énergie et les capacités d'Edmond. Elle avait jugé plus prudent de les transformer en actionnaires.

À l'étonnement général, ils se montrèrent dans ce rôle adroits et perspicaces, ni ladres ni dissipateurs, et, mieux, demeurèrent unis. Entre leurs mains, la fortune Dantès, bien loin de s'évaporer en trois générations, comme c'est le destin des fortunes héritées, continua de se fortifier.

De cette fortune Haydée avait distrait un énorme trésor, logé dans une société de portefeuille aux parts incessibles. Ce sont les revenus de ce fonds, une fois déduit ce qui en est réinvesti, qui financent aujourd'hui la Fondation Health and Education.

De cette origine si romanesque de H&E, nul ne sait rien. Les initiales pourtant le disent : H&E, Haydée et Edmond.

Jeanne-France l'avait appris à New York, bien avant le début de ce récit.

Elle était venue y rencontrer, à la demande de celui-ci, un des administrateurs mondiaux de la fondation. L'homme était alors sur le point d'entrer dans la cent troisième année de son existence et lui inspirait d'avance, pour cette raison, une vive sympathie.

Jeanne-France ignorait à quoi il devait sa position dans la fondation. Il le lui révéla.

– Je suis, lui dit-il, le plus jeune des petits-enfants des fondateurs.

Cette revendication de jeunesse sonnait étrangement dans la bouche d'un centenaire. De fait, tous les autres petits-enfants d'Edmond et d'Haydée, morts depuis longtemps, étaient ses aînés, ainsi que beaucoup des arrière-petits-enfants. Benjamin de sa fratrie, il était né d'un père qui était lui-même un enfant très tardif d'Haydée et Edmond, venu au monde, dix ans après la plus jeune des filles, quand Edmond atteignait soixante-dix ans et Haydée quarante-huit, et qu'ils n'attendaient plus rien de tel.

Victor n'avait pas connu ses grands-parents paternels, qui avaient quitté ce monde respectivement en 1887 et 1902, bien avant sa naissance. Il ne savait rien d'eux et avait fini par comprendre, après quelques recherches et diverses conversations avec des membres de la famille, que c'était le cas de tous. Tout était faux ou incertain dans les récits d'avant l'Amérique, de même qu'une grande partie de la suite, à commencer par leur patronyme. Voulant solder le passé, Edmond en avait tout effacé. Puis, conformément aux usages de l'époque, il s'était fort peu occupé de ses enfants et petits-enfants, leur assurant certes un avenir opulent, mais se bornant sinon à leur offrir l'exemple lointain de sa vigueur et de son activité, et à les gratifier, à l'occasion, de leçons de civisme et de morale, mais d'un faible contenu informatif quant à sa biographie. Haydée, de son côté, qui parlait surtout de sa vie avec Edmond, s'épanchait parfois dans des récits d'enfance orientaux chatoyants et évasifs, agrémentés de détails suggestifs. Il en résultait qu'une partie de ses descendants la croyaient d'origine grecque, une autre d'origine turque, une autre encore albanaise, la seule certitude partagée étant qu'elle avait été élevée dans la religion catholique de sa mère, qu'elle était chrétienne, encore une chance.

Les prénoms étaient l'unique chose qui n'avait pas changé. Haydée et Edmond étaient bien leurs vrais prénoms de naissance.

Jeanne-France y avait vu le comble du faux, des pseudonymes, un hommage touchant et comique à Alexandre Dumas, un de ses auteurs favoris, lu et souvent relu.

– Les vrais prénoms ? Ils s'appelaient vraiment Haydée et Edmond ?

– *Yes*, lui répondit Victor. *They were their real names.*

Il ajouta qu'elle était, elle, Jeanne-France Courage, la première personne à qui on le révélait de façon aussi claire.

– Parce que vous êtes française, expliqua Victor, et qu'Edmond, mon grand-père, qui s'est tour à tour proclamé italien, espagnol, anglais, allemand et même russe, l'était lui aussi.

– Il était marseillais, murmura Jeanne-France. Comme Henri. (Son regretté mari, le chimiste.)

Elle n'était pas si étonnée. La révélation de la réalité des personnages de Dumas lui apparut comme une de ces évidences que l'on a toujours soupçonnées. Victor sut qu'il avait parlé à la bonne personne. Il confirma. Edmond était un pur Marseillais.

– Vous ne l'êtes pas vous-même, je crois.

– Non. Je suis nîmoise, précisa-t-elle avec une pointe de coquetterie et d'accent méridional.

– Nous avons fait une découverte, lui dit-il alors. Je voudrais vous montrer moi-même ce dont il s'agit. Accepteriez-vous de me suivre ?

Elle accepta.

Elle suivit le fauteuil roulant électrique dans les couloirs du siège new-yorkais de H&E. Elle le suivit dans l'ascenseur. Elle grimpa à sa suite dans la limousine où un ingénieux dispositif encastra automatiquement le fauteuil. Ils furent conduits jusqu'à la vaste et luxueuse demeure de Victor, et déposés (hop ! le fauteuil se désencastra et sortit tout seul, comme par magie) devant une sorte de bungalow annexe, qu'on aurait peut-être qualifié de *pool-house* s'il y avait eu une piscine dans la propriété, mais il n'y en avait plus, Victor avait ordonné de la combler, des années auparavant.

Après qu'il eut congédié le chauffeur, ils entrèrent tous deux dans le bungalow. Au-dessus du parc, quelques nuages souriants et gracieux laissaient voir que le ciel même, loin de peser comme un couvercle, est plus tendre au-dessus des riches.

– Ici, dit le vieillard Victor, se trouve une partie de nos archives familiales. J'en suis le dépositaire parce que je suis à la fois le doyen et le plus proche parent d'Edmond et Haydée, dont la plupart de mes cousins sont séparés par quatre, cinq ou six générations.

Il contemplait les rayonnages.

– J'ai engagé quelqu'un pour les classer et les indexer. On commence à s'y retrouver. Tout n'est pas d'un égal intérêt. La famille considère que c'est une marotte personnelle. D'ailleurs, elle ne prend en charge aucune des dépenses y afférentes.

(Quoique la conversation entre Jeanne-France et lui se déroulât à ce moment en anglais, c'est en français qu'il avait prononcé le mot « marotte ».)

– Nous sommes aujourd'hui plus de cent cinquante descendants. Il y a entre nous des différences de fortune dues à l'activité, et parfois à la chance. Aux mariages aussi, ajouta-t-il. Grâce à mes grands-parents, aucun de nous n'a le moindre problème d'argent, ce qui est assez rare.

– C'est vrai, confirma Jeanne-France. Mes grands-parents étaient très à l'aise, c'est loin d'être le cas de leurs descendants. Presque tous vivent assez chichement.

Victor se fichait bien des difficultés financières des rejetons de la bourgeoisie cévenole déchue.

– Nous sommes pourtant beaucoup moins nombreux que vous, termina néanmoins Jeanne-France.

– Mon attention, dit Victor, a été attirée par un fonds bien caché dont l'existence m'a paru inexplicable. Une quantité d'argent considérable finance les actions de la Fondation H&E, y compris cette occupation apparemment fondamentale qui consiste à recueillir des dons supplémentaires. Nous n'en avons pas réellement besoin, vous vous en doutez, mais nous en avons évidemment l'usage, c'est une démarche qui ne coûte pas bien cher et à laquelle les administrateurs de la fondation sont très attachés, puisqu'ils prétendent y gagner, face à la famille, une sorte d'autonomie ou d'indépendance.

Il s'interrompit.

– C'est un peu risible, mais ça leur fait plaisir.

Jeanne-France se taisait.

– L'argent dont dispose la fondation, poursuivit Victor, est dispersé dans différents trusts. En vertu des dispositions testamentaires de ma grand-mère, la fondation, quoique dépensière, est organisée de façon à être chaque année un peu plus riche que l'année précédente, et par suite plus philanthropique.

Jeanne-France était ébahie par la facilité et l'acuité de parole du vieux monsieur, dont le reste de la personne était, en revanche, d'une immobilité de pierre, excepté la main qui actionnait la commande du fauteuil roulant. Elle l'observa, il bougeait très peu la tête et regardait le plus souvent devant lui, indifférent à ce qu'il voyait, y compris quand le hasard y plaçait Jeanne-France. Il n'est pas aveugle. Il concentre ses forces, il économise le regard au profit de la voix, pensa celle-ci.

– L'un de ces trusts, cependant, reprit le vieillard, conserve la totalité de ce qu'il produit et se contente de grossir, d'enfler sans servir à rien. Pas un centime n'en sort, il est impossible d'y accéder. Il ne représente qu'un pourcentage infime de l'ensemble, de sorte que l'on ne s'en est jamais inquiété. Une de mes arrière-petites-nièces a découvert des documents, dont certains en français. Elle les a lus, car c'est une jeune femme très cultivée qui parle et lit toutes sortes de langues. Enfin, c'est ce qu'elle dit. Je crois bien qu'elle n'a pas saisi le sens ni la portée de ce qu'elle lisait. Comme elle ignore tout de la véritable histoire d'Edmond et Haydée, elle n'y a vu qu'une fantaisie, une fiction, un conte, et n'a pas fait le rapprochement avec le fonds dont je vous parle. La pièce la plus importante du dossier est un document d'une trentaine de pages écrit en français de la main même de ma grand-mère Haydée, après la mort de mon grand-père, à un moment où toute l'organisation morale et financière de la fondation, et plus généralement de la succession, était fixée depuis longtemps. Le reste du dossier consiste en instructions aux banquiers et aux utilisateurs futurs du fonds, qui n'est jamais nommé, concernant son fonctionnement.

– Votre parente a-t-elle aussi traduit cette partie ?

– Non. Je ne la lui avais pas transmise. D'ailleurs, elle est rédigée en anglais. Quand vous aurez lu ces documents, nous serons les deux seuls à pouvoir piocher dans ce fonds, aux conditions fixées par Haydée, bien sûr.

Il se tourna pour la première fois vers Jeanne-France.

– Il s'agit en vérité d'un dernier hommage à Edmond.

Il montra un dossier posé sur la table basse.

– Cette copie est la vôtre. Il n'y en a pas d'autre. Je voudrais que vous la lisiez. Vous uniquement.

Après un instant d'hésitation, Jeanne-France se saisit du dossier. Le fauteuil roulant fit demi-tour et se dirigea vers la porte du bungalow.

Le chauffeur et la limousine les attendaient devant. Victor déclara qu'il allait rejoindre la maison par les allées, sur ses roulettes, afin de prendre une bouffée d'air printanier. La voiture reconduirait Jeanne-France en ville.

Comme celle-ci semblait vouloir lui poser des questions, il répéta : Lisez, puis se tut.

Elle le vit disparaître derrière un bosquet sans même avoir pris congé. Le chauffeur tenait ouverte la porte de la limousine. Elle monta dans la voiture, serrant toujours contre elle le dossier préparé par Victor, pensive et ravie. La Fondation Courage, filiale et alliée de ce qui était en vérité la Fondation Dantès ! Elle n'en revenait pas.

Supposons que quelqu'un s'en soit pris à vous, vous ait causé du tort. Vous avez été piétiné, humilié, avec cruauté ou, pire encore, avec indifférence, mais avec tant de résolution.

Qu'allez-vous faire ?

Vous venger. C'est votre première idée, et elle est bonne. Vous respirez déjà mieux. Sans tarder, vous bâtissez d'admirables scénarios de représailles. Au tour de celui (ou celle) qui vous a fait du mal d'en prendre plein la gueule.

Cette perspective vous met de bonne humeur. Votre vengeance sera foudroyante et impitoyable. Quel soulagement. Quel bonheur.

Le bonheur est prématuré, éphémère le soulagement. Vous ne ferez rien. Vous n'agirez pas. Vous en resterez là, aux plans confus jamais exécutés.

Vous n'avez pas oublié. (Vous n'oublierez pas de sitôt.) Vous n'avez pas pardonné. Vous ne vous êtes pas soudain avisé que la vengeance était contraire à la morale et nuisible à la société. Ce n'est pas par grandeur d'âme que vous avez laissé tomber.

C'est par incapacité, par paresse, par impuissance.

Par faiblesse.

Voilà pourquoi on se venge si peu. Il y faut de l'énergie, il y faut de la constance. Ce n'est pas donné à tout le monde. Le peu d'exemples de vengeances accomplies qui viennent à l'esprit le démontrent. Si elles sont si notoires, si on en fait des films, si on en fait des romans, c'est parce qu'elles sont exceptionnelles. Il n'y a pas quantité d'Edmond Dantès, et même en ce qui le concerne, sa force morale hors du commun n'aurait pas suffi sans de nombreux hasards et pas mal de chance.

Rappelons les faits.

Dénoncé comme agent bonapartiste par l'alliance d'un jaloux, d'un envieux et d'un pochard, le jeune marin Dantès est fourré en prison par un magistrat indigne. Il est mis au secret dans la forteresse du château d'If, perdue au milieu de la rade de Marseille (Bouches-du-Rhône). Ne tentons pas de peindre sa détresse. Au bout de quelques années, il fait la connaissance d'un autre détenu, un noble vieillard, l'abbé Faria, qui a creusé un tunnel entre leurs deux cellules. Par erreur : il cherchait la sortie et non pas un compagnon d'infortune. Faria, qui est un savant, transmet à Dantès une partie significative de ses immenses connaissances et lui révèle l'existence d'un trésor énorme caché dans l'île méditerranéenne de Monte-Cristo. Quand l'abbé meurt, Dantès s'évade en prenant la place de son cadavre jeté à la mer. Il est resté détenu pendant quatorze ans. Libre, il s'approprie le trésor, consacre encore plusieurs années à parfaire son éducation et, devenu un homme du monde richissime, il fait son entrée, sous le nom du comte de Monte-Cristo, dans la société parisienne où ses persécuteurs, à l'exception du pochard, tiennent maintenant le haut du pavé, l'un d'eux ayant même épousé sa fiancée de jadis, la belle Mercédès.

Il est prêt. Leur compte est bon.

Hélas ! Vous n'êtes pas Edmond Dantès. Vous ne le serez jamais. (Moi non plus.) Pour vous venger, vous auriez besoin d'aide. Il vous faudrait disposer des services bénévoles d'un comte de Monte-Cristo, ou, à défaut, de son train de maison et de ses équipages, de ses ressources considérables, employés à votre bénéfice.

Et c'est possible. Les successeurs du comte de Monte-Cristo existent. Ce sont Jeanne-France Courage, Paul Marquis et Odile Klein : les vengeurs altruistes, les vengeurs bienfaisants.

Victor, le petit-fils centenaire et milliardaire d'Edmond et Haydée, avait confié au chauffeur de la limousine un message pour Jeanne-France, qu'il ne devait lui communiquer qu'au tout dernier moment, quand il la déposerait devant son hôtel. C'était un patron tyrannique. Il avait obligé le chauffeur à apprendre le message par cœur. Il exigeait qu'il soit prononcé tel qu'il l'avait conçu, à la virgule près. Il le lui avait fait répéter plusieurs fois au cours des jours précédents, à l'improviste, tout à trac, *ex abrupto*, et dans toutes sortes d'autres situations. Le chauffeur avait l'habitude. Ce n'était qu'un patron à lubies de plus. Il savait, en outre, que Victor lui laisserait à sa mort largement de quoi vivre. Il le lui avait promis. Mais s'il manquait à sa parole ? Victor avait pressenti les doutes du chauffeur, ce n'était pas étonnant, tant sa propre réputation de fourberie et d'ingratitude était établie. Il avait donc imaginé un mécanisme qui donnait à son employé une entière sûreté, des garanties d'une solidité absolue. Elles n'étaient en vérité pas si solides : contrairement à ce qu'il avait fait croire au chauffeur avec l'aide de son *solicitor* londonien, ses dispositions pouvaient être révoquées à sa guise, et de telle manière que le bénéficiaire désigné ne l'apprenne que trop tard. L'avenir montrerait qu'il ne le ferait pas, tant mieux pour le chauffeur qui vit aujourd'hui en Floride et se fait passer pour un ancien agent immobilier.

Se tournant vers Jeanne-France, le chauffeur prit la parole.

– Monsieur m'a chargé de vous dire, commença-t-il.

Le message stipulait que madame Courage serait reçue sans délai dès qu'elle aurait lu les documents qui lui avaient été remis ce jour-là, il lui suffirait de l'appeler, lui, le chauffeur, au numéro qu'il allait lui donner, il serait à sa porte dans le quart d'heure afin de la conduire auprès de Monsieur.

Le chauffeur fit toutefois remarquer que les conditions de la circulation new-yorkaise à certaines heures pourraient compromettre son arrivée immédiate et l'engagement qu'il prenait en cet instant. (Cette partie n'était adventice qu'en apparence, elle aussi avait été répétée.)

– Monsieur est très impatient de connaître votre réaction et, plus encore, votre décision, conclut le chauffeur, qui bien entendu ignorait de quelle décision il était en train de parler.

Jeanne-France le remercia et s'en alla lire le testament d'Haydée, qui n'était en réalité qu'un codicille, un fragment occulte de ses dispositions successorales.

Haydée, princesse albanaise née d'un père turc et d'une mère grecque, avait bénéficié, même pendant sa servitude, car on se souvient que sa mère et elle avaient été esclaves, d'une éducation à la fois chrétienne et francophile. Elle avait ensuite épousé Edmond, sur qui l'empreinte du romantisme n'était pas minime. Elle écrivait un français dont la simplicité n'était pas la qualité dominante, et où l'appel répété à de grandes notions morales se signalait par la fréquence des majuscules.

Ancienne élève de l'École des chartes, Jeanne-France ne craignait aucun texte. En dépit de la longueur de celui-ci, elle se délecta de la prose amphigourique d'Haydée, qui lui arracha, à plusieurs reprises, de grands éclats de rire.

Les éléments juridiques et financiers ne lui causèrent pas plus de difficultés de compréhension. Elle était rompue à la finance, c'était elle, et nul autre, qui avait transformé, sans jamais se mettre en avant, les intuitions, les inventions et les procédés de son chimiste de mari en une entreprise florissante, après que ce dernier, dépouillé des bénéfices d'un de ses premiers brevets par un aigrefin qu'il croyait son ami, avait accepté de faire confiance à sa femme. Jeanne-France avala donc sans peine les comptes du trust et les contrats ténébreux qui réglaient son fonctionnement.

Quand elle eut accompli tout cela, qui l'avait occupée pendant une longue soirée, elle décida de faire lanterner un brin Victor et passa les deux journées suivantes à visiter des musées qu'elle connaissait déjà et à relire *Le Comte de Monte-Cristo* sur Internet.

Elle attendit dix heures du soir, le deuxième jour, pour téléphoner au chauffeur, qui arriva, sans que la densité du trafic le justifiât, vingt-cinq minutes plus tard.

Jeanne-France s'était renseignée. Si Victor était pour son âge dans une forme éblouissante, il avait des sautes de concentration, des écarts de lucidité. Certaines heures lui convenaient mieux que d'autres. Jeanne-France avait d'abord projeté de le rencontrer à un moment où il serait vaseux afin de se donner un avantage et d'être à la manœuvre. Tel avait été son premier mouvement, inavouable et inspiré par les automatismes d'une longue pratique de la négociation. Finalement, elle avait fait le choix inverse. Elle le verrait à son meilleur : il était connu que Victor, à onze heures du soir, pétait intellectuellement des flammes.

Leur conversation fut pleine de vivacité. Jeanne-France résuma avec beaucoup de drôlerie l'écrit d'Haydée. Nous ne tenterons pas d'avoir autant d'esprit et résumerons froidement son résumé. La plupart des penseurs et des philosophes réprouvent la vengeance, considérée comme inférieure ou même contraire à la justice. Haydée, elle, prenait sa défense en faisant valoir qu'elle était une forme très honorable de la justice quand celle-ci s'était montrée défaillante. Il suffisait pour cela que le vengeur fût habité par un sentiment d'équité et non par le seul esprit de vengeance. Elle se référait en cela au vengeur exceptionnel, au vengeur d'élite qu'avait été son défunt mari, un modèle. L'argent qu'elle avait mis de côté, l'argent qu'elle avait soustrait à la succession, devait être consacré à la vengeance, pour autant qu'elle serait légitime, etc.

– Une mission, des moyens, trancha Victor.

– C'est vite dit, protesta Jeanne-France. La mission est illimitée, les moyens ne le sont pas.

– Vous fixerez vous-même les limites.

– Je n'ai encore rien accepté.

– Les moyens, poursuivit Victor, ne sont pas dérisoires. On ne vous demande pas de changer le monde. Pas plus que ne le font nos fondations respectives, qui se bornent à corriger le cours des choses de façon ponctuelle et limitée, quoique louable. Avec le legs de ma grand-mère, vous élargissez votre champ d'action dans une certaine direction, et avec des capacités renforcées.

Il était passé au français et prononça legs à l'ancienne, *lai*.

Jeanne-France n'avait pas prêté attention au *lai* dont Victor était si fier, mais au mot de *grand-mère*. Sa toute récente relecture de Dumas lui représentait une Haydée de dix-huit ou dix-neuf ans ; on n'est pas grand-mère à cet âge-là. Jeanne-France voyait une jeune Grecque au nez droit, aux grands yeux noirs veloutés, alanguie dans son appartement lourdement décoré, mais conservant un maintien presque austère. C'était ainsi que Dumas la décrivait, couchée à terre sur des coussins de satin bleu brochés d'argent, à demi renversée sur le divan, encadrant sa tête de son bras droit mollement arrondi, tandis que, du gauche, elle introduit entre ses lèvres le tube de corail dans lequel est enchâssé le tuyau flexible du narguilé, une pose que Dumas qualifie de « toute naturelle pour une femme d'Orient », admettant cependant qu'elle eût été pour une Française d'une coquetterie peut-être un peu affectée.

Un peu affectée ? L'orientalisme n'excuse pas tout.

– Vous êtes d'accord avec ma grand-mère, je l'ai senti, insista Victor.

Jeanne-France se fit la réflexion qu'elle abominait en effet l'impunité des scélérats, qu'elle trouvait regrettable qu'ils ne fussent pas poursuivis, et leurs mauvaises actions, dans la mesure du possible, réparées.

– N'avez-vous jamais souhaité vous venger ? l'interrogea Victor.

– Et vous ?

– Moi, c'est fait, ricana le vieillard. J'aime la vengeance. Je l'aime trop pour être le dépositaire des volontés de ma grand-mère.

Il ne mentionna pas son âge, qui n'était pas un moindre obstacle, et tendit à Jeanne-France une enveloppe qui contenait, expliqua-t-il, toutes les indications nécessaires pour disposer du fonds. Il avait dû complexifier et améliorer les procédures imaginées par Haydée. Aujourd'hui, l'argent est tellement surveillé, il est traité en suspect. Victor avait tenu compte des fantastiques progrès accomplis par les services fiscaux depuis le XIXe siècle.

– Et si je n'en fais rien ? dit Jeanne-France.

– Quelqu'un d'autre s'en chargera. Vous choisirez qui. De ce jour, l'exécuteur testamentaire, c'est vous. Pleins pouvoirs.

– Et si j'utilise l'argent sans tenir compte de l'emploi auquel votre grand-mère le destinait ?

– Garder l'argent, pour quoi faire ? s'étonna le vieillard. Cela ne vous ressemblerait pas. Vous envisagez de partir en vacances avec ? Nous avons enquêté sur vous. Vous êtes riche et d'une moralité irréprochable.

Jeanne-France ne se voyait pas tout à fait ainsi. Elle sentit que les deux qualités, dans l'esprit du vieillard, étaient rarement réunies.

– Je pourrais verser l'argent à ma fondation.

– Pfff.

Elle comprit qu'il venait de se décharger, sur elle, de tout.

– On pourrait peut-être, hasarda-t-elle, tenter un essai en grandeur réelle.

Victor se taisait, ne la regardait plus. Jeanne-France crut qu'il s'était endormi.

– Un essai ? Nul besoin d'essai. Vous ferez les choses comme elles vous viendront, ou bien vous ne les ferez pas. Il n'y aura pas d'essai. Des tentatives, si. J'aime bien l'idée de grandeur réelle. Ça fait moderne.

Il avait dû, sans qu'elle le remarquât, actionner un signal. Elle s'était attendue à un plus long entretien, mais le chauffeur apparut.

– Monsieur souhaite que je vous raccompagne.

Elle salua Victor et suivit le chauffeur.

Il avait pris la grosse Mercedes, moins voyante.

– C'est une drôle d'heure pour travailler, dit-elle.

Le chauffeur répondit qu'il avait l'habitude.

– Monsieur me demande souvent de l'emmener en voiture pendant la nuit.

– Pour aller où ?

– Nulle part. C'est un circuit, toujours le même, à certains endroits je dois ralentir, à d'autres accélérer.

– Savez-vous la raison de ces changements d'allure ?

– Je crois que c'est en rapport avec des choses de son passé. Il se souvient, parfois il veut faire durer le souvenir, d'autres fois il préfère ne pas s'attarder, sans doute parce que le souvenir est pénible.

Un parcours mémoriel, ironisa intérieurement Jeanne-France, en reprenant un vocabulaire qui la consternait.

– Pouvez-vous le faire pour moi ?

– Le circuit ?

– Oui. Exactement comme avec lui.

– Monsieur m'avait suggéré de vous le proposer, dit le chauffeur. Mais c'est un peu long.

– J'ai le temps, dit Jeanne-France.

Ils se mirent en route et roulèrent pendant une cinquantaine de minutes, tantôt accélérant, tantôt ralentissant.

Ils tournaient dans la ville. Les rues étaient presque toujours désertes, les trottoirs vides, le circuit nocturne du vieillard évitait les lieux où se pressent fêtards et noctambules. Le trajet était cerné par de grands immeubles dressés comme de sombres murailles. Jeanne-France et le chauffeur se taisaient. On entendait à peine le bruit du moteur. Jeanne-France reconnaissait parfois des quartiers de New York où elle était passée, elle s'était beaucoup promenée jadis dans les villes, puis elle en avait perdu le goût.

Le lendemain, Jeanne-France regagna Paris et l'appartement splendide qu'elle habitait quai Voltaire, avec vue sur la Seine et les guichets du Louvre. Puis elle se retira quelques jours à la campagne, relisant et méditant les volontés d'Haydée, se demandant ce qu'elle allait en faire, si elle était prête à les respecter à la lettre, si elle devait les interpréter ou, mieux encore, les ignorer.

Elle estimait que les morts n'ont sur nous que des droits limités. Il est permis d'examiner ce qu'ils exigent de nous, avant d'en prendre et d'en laisser.

Elle organisa sans tarder, cependant, le circuit financier par lequel seraient transférés en France les revenus et le capital du fonds créé par Haydée en recourant à trois banquiers, tous irréprochables, qui se laissèrent bercer, ou berner, par son statut de philanthrope.

Pas question de laisser cet argent à Victor.

Occupée à ces arrangements, elle ne pensa plus à lui.

Quant à Victor, après l'avoir congédiée, il s'était retranché dans sa chambre et n'en était plus sorti. Il garda le lit pendant les trois longues journées qui suivirent, à l'issue desquelles il expira.

Jeanne-France n'apprit sa mort qu'un an plus tard et n'en fut pas fâchée. Elle l'avait trouvé antipathique.

Jeanne-France était de ces natures qui n'aiment pas foncer dans le brouillard. Elle préférait les idées claires, les horizons limpides. Le testament d'Haydée, ainsi qu'elle continuait à le nommer, reposait avant tout sur l'exemple d'Edmond, sur ce qu'il avait enduré (l'arbitraire, l'injustice, la prison, le retranchement du monde, la mort misérable de son père, le rapt et la trahison de sa fiancée) et sur ce qu'il avait ensuite accompli en réparation, une fois autoanobli comte de Monte-Cristo.

Tout reposait sur la notion de vengeance. Il importait de s'y pencher.

Bien qu'elle n'y jouât plus du tout, Jeanne-France continuait d'aller au golf. L'endroit était agréable, elle y faisait de longues promenades, enfin libérée de la haine de soi et du contentement narcissique qui sont les deux faces inséparables de ce loisir champêtre. Il lui arrivait de déjeuner au club-house, où le personnel se montrait toujours aimable et déférent. Elle s'y rendit ce jour-là parce qu'elle savait qu'elle y rencontrerait Béatrice. Jeanne-France et la mère de Béatrice avaient été très proches. Béatrice était alors une très distrayante jeune personne, dont rien ne laissait prévoir ce qu'elle deviendrait par la suite.

– Ton fils étudie-t-il toujours la philosophie ? lui demanda Jeanne-France.

– Bientôt, Édouard l'enseignera, il sera professeur, répondit joyeusement Béatrice.

– C'est magnifique ! Crois-tu qu'il accepterait de me dispenser quelques-unes de ses lumières ?

– Il en sera ravi, il vous aime beaucoup. Surtout si cela concerne votre fondation.

Ouille, se dit Jeanne-France, ouille ouille ouille, je suis mal tombée, on dirait bien qu'Édouard a besoin de quelque chose. Bon, la fondation lui commandera une étude quelconque sur un sujet d'intérêt général. Ce sera le moyen de le dédommager.

Elle sourit à Béatrice.

– Je serais tellement heureuse. Je ne l'ai pas vu depuis des années.

– Il a complètement abandonné le golf. J'ai eu beau lui dire que c'était une sottise !

– Il y reviendra. Tu as toujours mon numéro de téléphone ?

Béatrice avait le numéro quai Voltaire, le numéro à la campagne, pas ceux du mobile et de la fondation. Jeanne-France les lui communiqua, et elles se quittèrent aussi contentes l'une que l'autre.

Violette s'intéresse aux cas individuels. Que la fondation encourage tel progrès qui profitera à tous, ou se penche avec compassion sur le sort des malades en général, des étudiants pauvres et des pauvres tout court en général, des femmes battues en général, et ainsi de suite en général, elle l'approuve sans réserve. Il est légitime de regrouper les détresses en catégories opérationnelles, de les examiner et de tenter de les soulager comme collectives, comme sociales. Violette, cependant, est sensible aux détails qui vont en sens contraire. Elle aime tout ce qui affaiblit la revendication des victimes, tout ce qui la rend moins recevable, moins convenable. C'est un sentiment commun chez les bienfaisants. On n'idéalise pas la clientèle. Violette va plus loin. Elle aime les victimes pas propres, celles dont on se dit qu'elles l'ont un peu cherché et qu'elles sont, au moins en partie, responsables de leur malheur. Certes, la naissance ou les circonstances leur ont distribué les mauvaises cartes. Mais elles se sont acharnées ensuite à les jouer en dépit du bon sens. Avec une main identique, on aurait pu faire mieux, redresser la situation ou peut-être inverser la fatalité.

Pense Violette.

En somme, elle préfère les moins bons dossiers. Étienne Manadier a le profil. C'est un dossier lamentable.

Elle a vite eu envie de le défendre, de le protéger, de le sauver. Et finalement, elle a eu envie de le venger.

Le désir de vengeance n'a pourtant, chez elle, rien de naturel. Elle n'est pas rancunière, elle ne remâche pas les torts qu'on peut lui faire ; on lui en fait peu parce qu'elle attire plus de sympathie qu'elle ne soulève d'envie et de jalousie ; les rares qui s'y essaient ne l'atteignent pas : elle ne les remarque pas, elle est insensible aux offenses.

Par ailleurs, elle a sans doute beaucoup de chance.

C'est donc la fréquentation d'Étienne Manadier, combinée à son expérience, à la fondation, de la dureté du monde et de la malveillance des hommes (et des femmes), qui l'ont éveillée petit à petit à l'idée de la vengeance, avant même de connaître l'existence et le sévère programme de la Société Monte-Cristo.

Après l'échec de sa filature, Milo avait regagné le restaurant où Augustin Maréchal déjeunait avec François Fredonnet.

– Alors ? lui demandèrent-ils.

Milo était un homme qui professait qu'on doit assumer ses échecs en vue de les surmonter et, si possible, de ne pas les répéter. Il déclara d'un ton neutre qu'il avait été semé, sans entrer dans les détails ni mentionner sa mésaventure avec le vigile. Il avait l'air si furieux que François Fredonnet lui-même s'abstint de toute remarque désagréable.

Maréchal lui trouva des excuses :

– Tu ne t'es pas méfié, nous ne t'avions pas dit que c'était un pro.

– Vous connaissez son nom ? demanda Milo.

Fredonnet fit signe que non.

– Si vous voulez, je peux le retrouver, assura Milo d'un ton bravache.

Maréchal et Fredonnet échangèrent un regard. Fredonnet déclina la proposition. Milo se retira.

Dans la voiture, tandis qu'il raccompagnait Maréchal au siège de l'entreprise, Milo le questionna sur Régis. Maréchal dit le peu qu'il en avait retenu : c'était un privé minable qui enquêtait pour le compte d'une compagnie d'assurances sur un ancien salarié viré par Fredonnet sept ans plus tôt. Il ne connaissait ni le nom de l'ancien salarié ni celui de la compagnie d'assurances. Bien que pressé par Milo, qui au fond lui faisait un peu peur, comme beaucoup de choses et beaucoup de gens, car, même s'il le cachait et luttait contre, il était craintif en dépit de son physique imposant, il ne put rien lui dire plus. Il se sentit très soulagé quand Milo fit mine de s'en contenter.

Une fois arrivé au siège de l'entreprise, Milo interrogea adroitement la secrétaire de Maréchal. Qu'est-ce qui avait justifié le quart d'heure de retard de leur patron au déjeuner ? Les explications de la secrétaire étaient confuses. Milo en tira la certitude que ce retard avait été sciemment organisé.

Son adversaire était fort.

Le lendemain, Maréchal partait pour Londres. Milo le déposa très tôt à l'aéroport. Une heure plus tard, il était dans les bureaux de la société présidée par François Fredonnet, demandant à être reçu par lui. Il se présenta comme le chauffeur d'Augustin Maréchal, il n'avait pas rendez-vous, mais c'était pour quelque chose d'important (qu'il ne pouvait pas dire), cela ne prendrait qu'une minute. On le pria d'attendre.

Le groupe que dirigeait François Fredonnet, fondé au Second Empire sous l'appellation de Consortium des minerais et des métaux, avait conservé son nom, familièrement abrégé en Minémé (Mine et Mé), ce qui évitait de s'interroger sur ce qu'on y faisait. Le siège social occupait toujours le grandiose bâtiment d'origine dont l'objectif avait été, à sa conception, d'inspirer à l'actionnaire, et plus encore à l'épargnant, une sorte de stupeur mystique. Par la suite, Minémé avait connu des vicissitudes.

L'imposant édifice du boulevard Haussmann avait paru disproportionné, temple désaffecté d'une religion sans fidèles, dont personne ne gardait le souvenir des cérémonies et des célébrations anciennes. Pendant un temps, le groupe n'avait plus été qu'une gigantesque coquille vide abritant, dans un décor trop grand et sous des plafonds trop hauts, des participations financières poussiéreuses. La réindustrialisation avait été l'œuvre de l'inflexible et visionnaire président Adrien Buchenaire, aux commandes de la fin des années 1920 jusqu'au milieu des années 1950. Fredonnet, son cinquième successeur, maintenait le cap, avec ses qualités propres, ingénieur brillant, talent manœuvrier, moralité élastique, brutalités gratuites.

Milo ne craignait pas d'attendre. Il avait été dressé à la patience, non pas tant celle qui permet d'endurer le métier de chauffeur de maître que celle qui donne à la cible, à l'ennemi que l'on vise, l'illusion qu'il est en sûreté. Il s'était assis, avait rapidement et impeccablement examiné les lieux comme s'il s'était agi d'un possible théâtre d'opérations : où sont les issues, quels sont les points forts, les points faibles, que doit-on contrôler en priorité. Puis il était resté absolument immobile, ne lisant ni ne rêvassant, ne consultant pas ses messages, ne veillant ni ne somnolant.

Il attendit très exactement une heure et quarante-cinq minutes, puis fut introduit dans le bureau de Fredonnet, dont il traversa l'étendue considérable sans un regard aux grands portraits d'ingénieurs oubliés et d'entrepreneurs décorés qui tombaient des lambris.

Fredonnet commença par s'excuser. J'aurais dû, je n'aurais pas dû, etc. Immobile, Milo laissa s'écouler cette bouillie verbale.

– Vous avez besoin de savoir ce qu'on vous veut, dit-il ensuite. Monsieur Maréchal m'a parlé d'une enquête pour une compagnie d'assurances. Je n'y crois pas. C'est autre chose. Vous devez vous méfier. Cet homme qui vous a questionné, c'est lui-même qui a arrangé le retard de monsieur Maréchal pour vous tenir à sa merci.

À sa merci ? François Fredonnet eut un geste, l'expression lui semblait injustifiée.

Milo le regarda froidement. Fredonnet se souvint qu'il s'était trouvé seul face au petit bonhomme rondouillard et qu'il s'était senti impuissant.

Ça recommence, pensa-t-il. Ça continue.

Milo poussa son avantage.

– Il a très bien provoqué le retard. C'était une manœuvre pleine de ruse. Je peux le retrouver si vous me donnez des éléments.

– Je n'y tiens pas particulièrement.

– Monsieur Maréchal est à Londres. Appelez-le si vous ne me croyez pas quand je dis qu'il y a un danger.

Fredonnet se sentit deviné, il voulait en effet téléphoner à Maréchal. C'était de pire en pire. Moi qui me fais une gloire de me conduire en prédateur dans le monde des affaires, me voici en butte aux menaces imprécises de deux sous-fifres.

Je préviens la sécurité, ils m'en débarrassent, ils le jettent dehors.

Au lieu de quoi, il déclara piteusement :

– Je ne peux pas vous aider, je ne sais pas grand-chose.

– On sait toujours plus qu'on ne croit, répliqua Milo.

Fredonnet s'était renseigné sur le pays d'origine de Milo et de la mère d'Augustin Maréchal. Les événements qui s'y étaient déroulés au cours des vingt dernières années étaient terrifiants. Il se demanda si Milo avait pratiqué des interrogatoires. Oui, ce genre d'interrogatoires.

Il lui donna le nom et l'adresse d'Étienne Manadier.

– Vous ne notez pas ?

Milo pointa son doigt sur son front.

– Je me souviens.

Quelle caricature ! pensa François Fredonnet. Milo lui demanda encore pourquoi, selon lui, cet homme, Étienne Manadier, s'intéressait tant à lui, Fredonnet.

– Ce n'est pas lui, c'est la compagnie d'assurances.

Milo ignora cette réplique affligeante.

– Il vous en veut personnellement ? insista-t-il.

– Pourquoi ? Il a quitté l'entreprise, nous nous sommes séparés d'un commun accord.

Milo resta parfaitement inexpressif. C'était méritoire.

– Merci, finit-il par dire.

Fredonnet ne voulut pas lui laisser le dernier mot.

– C'est l'adresse que nous avons. Il a pu déménager depuis.

Cette fois, Milo le considéra avec tout le mépris du professionnel pour l'imbécile, et Fredonnet se sentit rougir de honte. Depuis la veille, il avait l'impression de subir humiliation sur humiliation. Il ne faudrait pas que cela devienne une habitude.

– Il déménage cent fois, je le retrouve cent fois, dit Milo.

Quelle caricature, se répéta Fredonnet, tandis que Milo prenait congé. Ce jugement, tout intérieur, ne parvint pas à le rétablir entièrement dans le sentiment de sa supériorité.

Un certain Thierry Limousin, et non pas Étienne Manadier, eut le malheureux privilège d'être le premier objectif, le premier cobaye, le patient zéro de la Société Monte-Cristo qui n'existait pas encore. Il fut l'essai en grandeur réelle qu'avaient évoqué Victor et Jeanne-France Courage.

Limousin était obligé de divorcer. Il n'avait pas le choix. Il pouvait bénéficier, pour reprendre son propre vocabulaire, d'une « opportunité fantastique » et Charlotte, sa femme, était de trop dans le paysage. Elle fichait tout en l'air. L'opportunité fantastique, ou, selon une autre version, la « formidable opportunité », comportait un aspect professionnel et un aspect sentimentalo-sexuel. Ces deux aspects étaient indissociables, l'un et l'autre impliquaient la personne de Judy et une installation en Californie.

Thierry Limousin était déjà allé à plusieurs reprises à Los Angeles pour son travail. Un survol de sa carrière permet de comprendre pourquoi. À trente-deux ans, Limousin était un personnage médiocre, mais au physique avenant. Diplômé d'une école de commerce de faible réputation, qui ne lui autorisait que de maigres espérances, il avait occupé diverses fonctions commerciales ou quasi commerciales subalternes dans des sociétés généralement sans avenir, à peine s'il était payé, mais on lui donnait des titres ronflants, qui semblaient indiquer des responsabilités importantes dans des secteurs innovants.

Ces références n'avaient rien d'éblouissant.

Et pourtant.

Le père de Thierry Limousin, autrefois régisseur de cinéma, s'était reconverti dans la brocante. L'un de ses clients, qui avait été jadis son assistant, avait accédé depuis à une position de directeur dans une chaîne de télévision. Ralph Limousin entretenait avec lui d'excellentes relations. Grâce à sa recommandation, Thierry fit son entrée dans le monde de l'audiovisuel, où sa paresse, son incompétence, sa bêtise, son inculture et sa vanité firent merveille. D'abord affecté aux programmes pour enfants, dessins animés criards et animateurs vêtus de couleurs qui l'étaient tout autant, il étendit son empire naissant aux achats et aux coproductions de la chaîne dans le domaine de la fiction, à la faveur de l'envol vers des cieux plus radieux de plusieurs responsables tout aussi pitoyables que lui. Il paraissait ainsi se conformer au fameux principe de Peter selon lequel, dans une organisation hiérarchique, tout employé tend à s'élever jusqu'à son niveau d'incompétence. Or ce principe, dont les fondements peuvent être remis en cause puisqu'il suppose que les promotions antérieures ont procédé de la compétence, et d'elle seule, ne s'applique pas dans notre audiovisuel, où il est démenti à la fois par le bas (le niveau d'incompétence est atteint et même fracassé dès l'embauche) et par le haut (l'incompétence n'interrompt nullement l'ascension, il semble au contraire qu'elle la stimule).

Thierry Limousin devint quelqu'un ; un personnage chétif sous bien des aspects, mais susceptible de faire éprouver sa puissance à d'autres qu'il ne valait pas. Cette métamorphose ne lui prit, de son entrée dans la chaîne à la sortie de la chrysalide, qu'une quinzaine de mois. Le mariage lui apparut comme le couronnement nécessaire de sa métamorphose et de son ascension.

Il épousa Charlotte.

Ils eurent des enfants, surtout elle : deux filles.

Beaucoup de leurs fréquentations antérieures n'y survécurent pas. Ils ne se voyaient plus qu'entre familles. Ce fut une période hagarde et heureuse, Thierry se consacrait à son travail, Charlotte aux petites filles, qui grandissaient dans les vêtements ravissants qu'elle leur achetait.

Il y eut de plus en plus de silence, c'est-à-dire de moins en moins de paroles, entre Charlotte et Thierry. Ils ne le remarquaient pas. Pareil silence était fréquent chez leurs semblables, il l'est encore, il s'épanouit dans les ménages. On met du bruit autour, celui des enfants, celui des achats, un canapé, une nouvelle voiture, celui des loisirs, des voyages, des vacances dans des pays lointains, des décisions pratiques ; sans oublier le fonds sonore dit musical. Tout ce potin, tout ce ramage.

Charlotte ne parlait pas à Thierry parce qu'elle avait peur ; elle l'aimait et craignait de le décevoir, par là de le perdre ; Thierry ne parlait pas à Charlotte parce qu'il ne l'aimait plus, si tant est il l'eût jamais aimée. Son silence était tout de dédain et d'indifférence.

Il alla consulter un copain de lycée devenu avocat.

– Il faut que je divorce.

– C'est mon métier, lui répondit l'avocat.

– Combien cela va-t-il me coûter ?

– Tu veux connaître mes honoraires ?

– Il y aura une pension, des choses à payer ?

L'avocat voulut d'abord savoir pourquoi il souhaitait divorcer. Thierry expliqua. Avec Internet, la télévision devenait mondiale. La France était trop étroite, un désert, une épouvantable province. Il fallait se trouver dans la capitale. Les USA (il disait comme ça, ni l'Amérique ni les États-Unis : les USA) étaient cette capitale.

– Tu veux t'installer en Amérique.

– Oui.

– Ce n'est pas une raison suffisante pour divorcer.

– Charlotte ne fait pas partie de mon avenir.

La solennité de cette formule alerta l'avocat.

– Il y a quelqu'un d'autre.

Thierry se détourna.

– Je suis ton avocat, je ne suis pas ton juge. Pour te défendre, enfin, pour te représenter, pour l'instant personne ne t'attaque, il faut que tu me fasses confiance, que tu ne me caches rien. Ensuite, ensemble, nous ferons le tri de ce qui peut être dit, de ce qui est utile et de ce qui est gênant.

– Il y a Judy.

L'avocat vit s'illuminer le visage de Thierry. Il venait par sa question d'autoriser son futur client à s'épancher. Obligé depuis trop longtemps de cacher sa liaison, de taire son amour, Thierry Limousin, saisissant l'occasion, était sur le point de chanter Judy.

– Elle est américaine. Son père est un producteur important, commença-t-il, exalté.

– Nous aurons tout le temps de parler d'elle, l'interrompit l'avocat, qui pensait que, par ces deux phrases, Thierry venait d'exprimer l'essence même de sa passion pour la fascinante Judy : américaine, fille d'un producteur important.

– Bon, tu t'installes aux États-Unis avec Judy, c'est pour ton boulot. Tu laisses Charlotte en France avec les filles. Je ne vois pas de nécessité immédiate de divorce.

Thierry ne sembla pas entendre ce conseil de bon sens, délivré par l'ancien copain de lycée plus que par l'avocat.

– Je ne sais pas si nous pourrons tout de suite habiter ensemble. Elle vit chez ses parents, ils ont une très grande maison, ça lui laisse toute sa liberté. Judy est encore très jeune.

Il était question de créer ensemble, poursuivit-il, un département dédié au sein de la compagnie de son père, ou une entité indépendante, mais quand même liée.

Thierry Limousin devina que l'avocat s'en foutait. Il n'avait même pas demandé dédié à quoi.

– Alors ? Ça va coûter combien ? dit-il, coupant court à ses explications. Je n'ai pas l'intention de payer une pension à Charlotte. Elle m'a déjà coûté assez cher.

– Si tu lui laisses les enfants, il va bien falloir lui donner de quoi les nourrir. C'est bien pourquoi je te suggère de ne pas précipiter le divorce.

Thierry se montra intraitable. Le divorce n'était pas en débat. Il n'était pas, dit-il, « négociable ».

Des chiffres furent prononcés, qui l'épouvantèrent : la somme ne pouvait faire moins que couvrir la totalité des dépenses d'entretien et d'éducation des petites et du train de vie de Charlotte.

– Dans ce cas, il vaudrait mieux que je les prenne avec moi.

– Tes filles ?

– Tant qu'à payer, autant que j'en profite. Ce sera bien pour elles. Les USA. Ce sera une expérience, même si elles décident, plus grandes, de retourner en France.

L'avocat se taisait.

– Je les aime, mes filles. Ce serait atroce d'être séparé d'elles.

– Aucun juge n'acceptera que tu les fasses vivre à dix mille kilomètres de leur mère.

– Neuf mille, en fait.

– Quel âge ont-elles ? (Il se dit qu'il aurait dû le savoir. Ils étaient amis, après tout.) Exactement, je ne me rappelle plus bien.

– Six et huit. Je veux dire, huit et six. La grande, huit et demi bientôt.

– Aucune chance. À moins que tu n'obtiennes la garde exclusive, mais je ne vois pas comment.

– Mais ça existe, non ? La garde exclusive.

– C'est rarissime.

– Du moment que ça existe, on peut tenter le coup.

– Il faut prendre les choses à l'envers. Pour que tu aies la garde exclusive, il faut qu'on la lui retire à elle complètement. Qu'on lui enlève ses enfants. Que le juge qui, dans quatre-vingt-quinze pour cent des cas, est une femme, et les trois quarts du temps, pire encore pour nous, une maman, décide que, pour le bien des enfants, il faut les séparer de leur mère.

– Eh bien ?

– Elle les bat ? Elle les torture ? Elle les néglige ? Elle les maltraite ?

– Bien sûr que non. Mais la juge n'en saura rien.

– Va en Amérique si ça t'amuse, mais ne divorce pas, c'est mon conseil.

Thierry était abattu. Il tenait au divorce. Il était blessé qu'on lui en refusât la possibilité. Le divorce, c'est ce qu'il offrait à Judy, à leur amour, à son amour pour elle. C'était un don, un sacrifice. Un bain purificateur. Le refus, dit-il, du mensonge.

Si cette histoire était aussi grandiose qu'il le croit, songea l'avocat, il n'aurait pas besoin d'en faire autant.

Après cette entrevue, Thierry Limousin se demanda par quel moyen il pourrait obtenir la garde exclusive de ses filles et se dit qu'il lui fallait trouver un autre avocat que cet ami de lycée qui, tout bien réfléchi, ne lui était rien, paraissait mou et lui préférait Charlotte.

La piste qui lui sembla la plus prometteuse était psychiatrique. Si l'on parvenait à démontrer que la santé mentale de Charlotte était déficiente, tout deviendrait simple. Aucun juge, aucune juge, ne prendrait le risque de livrer les petites filles à une mère officiellement dingo, tandis que leur père, courageusement, s'efforcerait de leur construire un avenir à neuf mille kilomètres de là.

Or Charlotte était fragile. Il suffisait d'aggraver cette fragilité, de la convertir en troubles manifestes, puis d'en fournir les preuves médicales. La façon dont Thierry Limousin exécuta ce programme invite à corriger le jugement sévère que nous avons porté sur ses qualités. Vil et professionnellement incompétent, d'une moralité nulle, il était, quand il lui fallait agir à son profit exclusif, efficace et rigoureux. Sa main ne tremblait pas. Quand ses intérêts étaient en jeu, il se conduisait en homme supérieur.

Errant dans l'appartement d'Étienne Manadier, le soir de leur première rencontre, Violette est attirée par un livre de sa bibliothèque, un des rares à être reliés. C'est une édition de la toute fin du XIXe siècle ; un de ces livres qu'on n'achète pas mais dont on hérite d'une manière ou d'une autre, qui vous tombent dessus, qui vous sont donnés, qui souvent vous encombrent, mais dont on ne se défait pas par considération pour leur origine. Elle l'ouvre au hasard, tourne les pages, lit quelques phrases. Elle comprend qu'il s'agit d'un recueil de notices biographiques, d'une suite de portraits plus ou moins développés, mais tous louangeurs, de personnages dont la notabilité n'a pas dépassé les limites d'une sous-préfecture, quoique certains semblent avoir rayonné plus loin dans le département, en l'espèce la Seine-Maritime du temps qu'elle s'appelait encore Seine-Inférieure, ce qui a tout de même duré plus d'un siècle et demi. Violette espère y trouver une mention de Bouville, le cafardeux chef-lieu où se situe l'intrigue ou l'absence d'intrigue de *La Nausée* ; ou, à défaut, la trace de Flaubert. Elle retourne dans la chambre, où Étienne grogne dans son sommeil. Elle l'observe. Il la dégoûte un peu. Puis il se passe quelque chose : il verse dans un vrai sommeil, qu'aucun mauvais rêve ni aucun dérèglement digestif ne vient troubler. Sa tête roule lentement sur le côté, vers Violette. Son visage est tout à fait inerte, comme privé de vie, de sorte qu'il ressemble à un mauvais acteur dans un mauvais film qui mime la fin de l'agonie et l'instant de la mort. Dans ce visage soudain si paisible, Violette remarque la beauté du front, la ligne délicate de l'arête nasale. La respiration revient, douce, tout juste perceptible. Violette est de nouveau émue par Étienne Manadier. C'est le moment de partir. Elle ferme doucement la porte palière, comme si Manadier pouvait, dans son état, être réveillé par quoi que ce soit. Elle emporte avec elle le livre, qui n'a pourtant guère d'intérêt.

Elle décide d'oublier Étienne Manadier. Elle connaît son nom, parce qu'elle a fouillé dans ses affaires, elle connaît son adresse et son numéro de téléphone, et même le code de la porte d'entrée de l'immeuble, qu'elle a retenu en le composant. Elle ne s'en servira pas. Le livre qu'elle a volé ne lui fournira pas un prétexte pour le revoir. Si elle le lui a volé, ce n'est pas pour le lui rendre. Pourquoi l'a-t-elle volé ? Peut-être un paragraphe aperçu dans une des notices biographiques l'a-t-il amusée au point d'avoir envie de le conserver comme témoignage d'une vie sociale provinciale passée, désolante et abolie.

Quand elle retrouve la fraîcheur de la rue : adieu, Étienne Manadier, pense-t-elle.

Elle s'y tient. Étienne Manadier lui sort entièrement de la tête. Toute cette soirée n'est qu'un simple épisode, que ne prolongent pas les tentatives répétées de Bertrand pour la revoir, auxquelles elle ne donne pas suite.

Du reste, elle est très occupée. La fondation souhaite participer à des actions en faveur des migrants. Jeanne-France Courage et

Paul Marquis, son bras droit, tiennent cette décision pour une obligation impérieuse. Le directeur général Pierre Giraudoux est réticent. Il assure qu'il partage absolument les préoccupations de Jeanne-France, écoute avec une bienveillante attention les arguments du directeur des opérations Paul Marquis et prend note des orientations que ce dernier suggère, mais il multiplie les objections ponctuelles, dont l'accumulation laisse deviner une hostilité de fond. Pour vaincre sa résistance, Paul Marquis demande à Violette d'étudier les possibilités de la fondation : quelles actions ? quels partenaires ? quels objectifs ? Lui se chargera de rassurer Giraudoux qui craint surtout (et toujours, quel que soit le projet) de compliquer les relations entre la fondation et ses interlocuteurs parmi les pouvoirs. La mission confiée à Violette montre en quelle estime la tient Paul Marquis, mais ne la dispense pas de ses tâches habituelles, qui sont écrasantes.

Le soir même, elle trouve chez elle un curieux document, une simple feuille de papier sur laquelle figurent quelques lignes manuscrites, des vers d'un poème qu'elle ne reconnaît pas, pas plus que l'écriture.

Elle lit le poème. Il lui plaît.

Elle en soumet à Google le vers le plus significatif (selon elle). Google reste coi. Elle essaie d'autres vers. Le moteur de recherche s'active sans résultat. Pour Violette, deux hypothèses sont possibles : le poème est l'œuvre d'un poète méconnu, donc introuvable ; ou bien c'est une traduction et, dans ce cas, ce n'est pas la traduction la plus répandue, d'où le mutisme de Google. C'est la piste à suivre. Violette s'efforce d'imaginer plusieurs autres traductions plausibles de cet hypothétique original étranger. Aucune ne déclenche la moindre réaction de Google. Peut-être le poème n'est-il pas traduit d'une langue que la France a coutume de prendre en considération, par exemple le finnois ou le géorgien. Violette retraduit en anglais, en allemand, en italien, ce qu'elle suppose désormais être une traduction personnelle (ce qui justifie qu'elle soit manuscrite) d'un poème écrit dans une langue rare, et soumet ses tentatives aux Wikipedia des langues concernées.

Chou blanc.

Elle se dit que si par malchance le poème d'origine comprend une expression telle que « chou blanc », c'est mal parti.

White cabbage. Cavolo bianco.

Elle renonce. Le poème l'a vaincue.

C'est alors seulement qu'elle se demande d'où il vient et qui l'a déposé chez elle. Aucune des réponses qu'elle imagine ne la satisfait. Elle va se coucher.

Le lendemain, Violette a rendez-vous avec la représentante d'une association connue pour la qualité de son travail en direction des migrants, c'est-à-dire des réfugiés, des exilés, des arrivants. C'est une femme d'une soixantaine d'années, robuste et méfiante. Elle se fait appeler Claude, mais concède volontiers avoir autrefois été Marie-Claude, comme la camarade Vaillant-Couturier, sans préciser si c'était en hommage ou par hasard. En réalité, si elle a envoyé valdinguer le segment marial auquel ses parents tenaient tant, ce n'est qu'après avoir d'abord férocement, par apocope, réduit à Claude le Claudine initial.

Marie-Claudine devenue Marie-Claude puis Claude tout court a donné rendez-vous à Violette à proximité d'un campement de migrants particulièrement déprimant en vue de l'impressionner par l'étalage de la misère, sans soupçonner une seule seconde tout le malheur que celle-ci a pu voir depuis un an qu'elle travaille à la Fondation Courage et, auparavant, quand, lycéenne puis étudiante, elle prenait part aux excursions charitables de sa paroisse et de diverses autres entités catholiques. Le fait est que Claude ne doute pas de sa propre supériorité politique et morale, elle a milité toute sa vie, passant avec conviction d'une organisation à une autre, toutes situées à gauche ou à l'extrême gauche. L'actuelle est de loin la plus sympathique et la moins idéologique. Elle lui permet d'exprimer enfin, au-delà de ses certitudes et de son activisme, le fond de générosité qui est en elle. Elle n'en continue pas moins à fustiger en abondance le néolibéralisme et à dénoncer ses méfaits, sans que cela entraîne de conséquences pratiques discernables. Pour le reste, selon les renseignements recueillis par Violette, elle s'affaire à secourir intelligemment des gens dans la détresse.

Claude est une dure à cuire. Elle s'applique à offrir peu de charmes aux regards et se flatte d'être en tout point brute de décoffrage, s'habillant très mal et laissant ses cheveux gris pousser dru et en désordre. La jeune Violette, pimpante, coquette, simple et lumineuse, est tout son contraire.

Claude veut obtenir de l'argent de Violette. Celle-ci est là pour en donner, mais pas n'importe comment ni à n'importe qui. Elle est consciente que la fondation en procédant ainsi s'écarte de la charité véritable. Pour elle, contrôler les bénéficiaires s'apparente au flicage. Cette façon de faire la rebute. Elle ferme les yeux là-dessus, cela ne remet pas en cause tout le bien qu'elle pense de la fondation.

Et puis elle fait son métier, pour lequel, conformément à la doctrine de la Fondation Courage et de H&E, elle est très bien payée.

Avec une remarquable absence de diplomatie, Claude commence par s'en prendre vivement à l'injustice sociale et à la politique du gouvernement.

Violette lui répond qu'elle s'intéresse à ce qu'elle fait, non aux raisons qui la motivent.

Claude, dont la maladresse enchante Violette, assure avec véhémence qu'on ne saurait guérir les maux dont on tolère les causes.

– Racontez-moi ce que vous faites, répète patiemment Violette.

– Est-ce que vous comptez nous aider ?

Si ton but, c'est de vitupérer, chère Claude, je ne crois pas que tu aies besoin de notre aide, se réjouit intérieurement Violette. Elle sourit gentiment.

– Voici, dit-elle, ce que nous savons de vous.

Elle énumère avec chaleur diverses actions de l'association, dont certaines que Claude elle-même ignore, compte tenu de la variété et de la profusion des initiatives locales. Au lieu d'être heureuse de ces éloges, Claude se fâche. Elle aussi a mené son enquête. Elle connaît l'affiliation de la Fondation Courage à sa maison mère H&E, qui est américaine et liée aux banques, si ce n'est pire.

C'est alors seulement, on ne sait par quelle association d'idées, que Violette, qui n'écoute plus vraiment Claude, comprend que le poème est tombé du livre d'Étienne. C'est la seule possibilité. Pendant le reste de sa rencontre avec l'intraitable Marie-Claudine devenue Claude, une image la poursuit : celle du poème se détachant chez elle du livre volé, comme les feuilles en automne se détachent des arbres. Le poème flotte, enjoué, au-dessus du radiateur, semble vouloir se poser sur le canapé, puis, emporté par un flux d'air ascendant, se dirige hardiment vers la cuisine américaine.

Quand Violette rend compte à Paul Marquis de son entretien de la veille, elle propose que la fondation soutienne l'organisation de Claude, sous réserve d'en obtenir des garanties suffisantes. Lesquelles ? Légères et peu nombreuses, et en définitive facultatives, ce qui permettra à Claude de les refuser presque toutes.

Violette insiste sur la distinction à faire entre migration et accueil. Si l'on considère les étrangers comme des migrants, on se focalise sur la question des frontières, leur plus ou moins grande ouverture, leur étanchéité, leur contrôle. Si on parle d'accueil, en revanche, on se préoccupe de ce que l'on doit faire ici même, chez nous, avec ceux qui ont franchi ces frontières. C'est à la fois plus juste et plus pertinent.

L'organisation de Claude se situe indiscutablement, selon Violette, du bon côté de cette distinction : elle laisse de côté les discours généralisateurs sur les frontières, la mondialisation, les flux de population, le désordre mondial, les déséquilibres, l'injustice, les trafiquants et les passeurs, et se concentre sur l'ici et maintenant.

Paul Marquis l'écoute, affable et bienveillant, jusqu'à la fin.

– Est-ce que vous lisez de la poésie ? lui demande abruptement Violette.

– Ça se voit tant que ça ?

Elle lui montre les vers mystérieux.

– De qui est-ce ?

– C'est beau, répond Violette.

– C'est pas mal. Mieux que pas mal. Je comprends que ça vous plaise. J'aime beaucoup, moi aussi. C'est un jeu ? Vous voulez me faire deviner ? Je donne ma langue au chat. Ce sont des vers simples et touchants, ils peuvent avoir été écrits n'importe quand, par n'importe qui, être attribués à des poètes très différents.

Il réfléchit, puis fait une drôle de grimace pour montrer qu'il sèche. Violette confesse qu'elle ignore elle aussi qui est l'auteur des vers.

– Avez-vous cherché sur Google ?

– Je n'ai rien trouvé.

– C'est étonnant. Ce sont des vers dont on se dit qu'on les a déjà lus ou entendus, qu'on les connaît, qu'on devrait les connaître.

– Pourquoi dites-vous qu'ils pourraient être l'œuvre de poètes très différents ?

– Des poètes qui auraient en commun la poésie elle-même, la poésie de langue française, indépendamment du siècle et des écoles, indépendamment des coteries.

– C'est peut-être une traduction.

– Une traduction française, et dans ce cas je gage que le traducteur est lui aussi un poète français.

Après le départ de Violette, Paul Marquis s'étonne de n'avoir pas plus tôt supposé chez elle cet amour de la poésie qui maintenant les rapproche. Violette, de son côté, se dit : Si improbable que ce soit, il se pourrait qu'Étienne Manadier soit l'auteur des vers que ni monsieur Marquis, ni Google, ni évidemment moi n'avons identifiés.

Elle décide de revoir Étienne. Elle n'ira pas sonner chez lui, elle ne l'appellera pas au téléphone. Elle le croisera par hasard. Elle retourne au restaurant où elle l'a vu le soir où elle y dînait avec ses camarades de promotion, et apprend du barman qu'il vient ici fréquemment. Elle décide qu'elle s'y rendra dans la semaine, deux ou trois soirs de suite. Sauf extraordinaire, impossible de le rater.

– Ne venez pas trop tard, plus la soirée avance, plus il est bourré.

– C'est logique, dit Violette.

– L'alcool ne le rend pas agressif, comme d'autres. C'est pourquoi il demeure le bienvenu. Passé une certaine heure, hélas ! il est difficile d'entretenir une conversation avec lui.

Le barman conseille à Violette de viser dix heures du soir, et même neuf heures et demie, car les verres s'enchaînent vite.

– Il y a longtemps qu'il boit autant ?

– En tout cas depuis quatre ans que je travaille ici, ça a toujours été le cas.

Violette a un plan. Elle s'installera au bar et attendra Étienne, qui ne manquera pas de se diriger, lui aussi, vers le bar. Il y occupe toujours plus ou moins la même place, elle sait laquelle. Elle le verra venir vers elle, le reconnaîtra (manifestera qu'elle le reconnaît). À partir de là, ou bien il la reconnaît aussi, et la conversation s'engage, ou bien, parce qu'il était tout de même fièrement murgé quand elle l'a secouru, il ne la reconnaît pas, et c'est elle, Violette, qui engage la conversation.

Ce plan échoue dès le premier soir. Elle entre. Il est déjà là alors qu'il n'est que neuf heures vingt. La tuile : c'est elle qui doit se diriger vers Étienne, mettre le cap sur lui. Elle hésite. Revenir le lendemain à neuf heures moins dix, par sûreté ? Elle croise le regard du barman qui, montrant Étienne d'un mouvement de la tête, adresse à Violette une mimique de réconfort. Il comprend son embarras.

Puis Violette estime qu'il ne faut pas se compliquer la vie et elle aborde Étienne.

– Mais vous êtes là tous les soirs !

– Si vous le remarquez, c'est que vous aussi, non ?

Il a l'air triste, remarque-t-elle.

– Pourtant, ajoute-t-il, je ne vous connais pas. Nous ne nous connaissons pas.

– Vous vous appelez Étienne Manadier. Je sais même où vous habitez.

– Rien de sorcier. Vous êtes sans doute l'amie d'un de mes frères, d'un de mes cousins ou d'une de mes cousines.

– Pas du tout ! (Elle rit.) À cette adresse, je ne connais que vous.

Il lui tend la main, se présente.

– Étienne Manadier.

– Violette Heim.

– Comme M le Maudit ?

Manadier exhibe sa cinéphilie. Le film de Fritz Lang date de 1931. Son titre original est *M* tout court, suivi du sous-titre *Eine Stadt sucht einen Mörder*, toute la ville cherche l'assassin. Violette se souvient de ce que lui a raconté un vieux monsieur : voyant l'affiche manuscrite au ciné-club de son lycée, il avait spontanément lu « Monsieur le maudit » et avait trouvé cela bien formel.

– Non, ça s'écrit H-E-I-M, la moitié de ma famille prononce *emme,* l'autre, comme en allemand, sans faire sonner le h aspiré.

– *Aïm*, dit Manadier.

– Il y en a même qui disent *Hayîm* pour manifester une hypothétique racine hébraïque, ce qui est absurde, car les deux mots n'ont rien à voir.

– Des membres de votre famille ? Qui sont juifs ?

Violette ne répond pas.

– Vous, vous dites *emme.*

– Oui.

– C'est intéressant.

La conversation entre eux dure jusqu'à minuit. Étienne se retient de boire et cela ne lui manque pas. Il propose à Violette de déjeuner ensemble. Elle accepte. Ils se revoient. Plusieurs fois. Au restaurant, dans des cafés, au jardin du Luxembourg tout proche. Il ne se passe rien de plus. Elle ne retourne pas chez lui, il ne va pas chez elle. Ils prennent plaisir à être ensemble, à bavarder, à se raconter.

Surtout lui. Elle écoute.

Le malheur d'Étienne n'est pas tout d'une pièce. Il est composite. Il remonte probablement à des plaies très anciennes, la petite enfance, etc., tout ce que l'on a subi et qui n'aurait fait de mal à nul autre. Violette a de l'oreille, elle entend le nom de Fredonnet, que pourtant Étienne ne prononce qu'une seule fois, elle entend l'histoire professionnelle d'Étienne, c'est là que saigne la blessure. Il y a de plus grands drames que celui de cet enfant de la bourgeoisie qui souffre de n'être que cela, un rejeté, un inutile, réduit à noyer dans le confort et l'alcool le fardeau des biens hérités. On pourrait ironiser. Pas Violette.

Les rencontres de Violette et d'Étienne Manadier deviennent régulières, au moins une fois tous les quinze jours. Étienne parle beaucoup. On le suppose bavard, il n'est que solitaire, et l'alcool n'arrange rien. Ses goûts, son enfance, sa famille, ses théories sur le sport, la littérature, le cinéma, la peinture, ses engouements, ses prises de position péremptoires, ses exposés sur la façon de s'habiller, les boutonnières, la taille idéale des revers de pantalon, l'entretien des chaussures. Ce n'est pas toujours très compréhensible, mais Violette est caressée par sa voix comme lorsqu'on écoute parfois les exposés trop intelligents de Jean-Claude Ameisen à la radio.

Elle le laisse parler en souriant ou en se retenant de sourire, elle le relance, elle propose de prendre une autre tasse de thé. C'est une posture de comparse, de figurante, d'utilité, comme on dit au théâtre, cela lui plaît, cela lui convient.

– Vous ne me parlez pas beaucoup de vous, lui dit-il un jour.

– Mais si, répond-elle.

Le soir, chez elle, Violette s'interroge sur cette réponse qu'elle a faite et dont Étienne, puisqu'il n'y a pas réagi, a paru se contenter. Il n'est pas vrai qu'elle ne lui parle pas beaucoup d'elle : elle n'en parle pas du tout. Elle se tient devant lui, près de lui, bienveillante, sans prononcer beaucoup de paroles, presque aucune, pas de récits, pas de confidences. Mais c'est toujours elle qui téléphone pour proposer un rendez-vous. Se mettre ainsi à la disposition d'Étienne, est-ce une façon de se livrer ? Cela équivaut-il à parler de soi, à se dévoiler ? C'est en pratique rester cachée, fermée, opaque ; pourtant, oui, c'est être là.

Et c'est ainsi qu'un jour, au bureau :

– J'ai rencontré un homme désespéré, déclare-t-elle tout à coup.

Paul Marquis éprouve un sentiment déplaisant en entendant le mot « rencontré ». Elle a rencontré un homme. Suis-je jaloux ? Puis : Jaloux de quoi ? Il se tait. Madame Courage veut en savoir plus. Violette explique, avec autant de simplicité que de compassion, ce qu'elle comprend du désespoir d'Étienne Manadier.

– On s'est montré cruel envers lui. Quand il a enfin compris de quelle terrible injustice il avait été victime, il était trop tard. Il ne s'en remet pas.

– Quelle « terrible » injustice ? demande Paul Marquis.

– Comment cela, « trop tard » ? demande Jeanne-France Courage.

– Ce sont ses mots à lui, dit Violette. L'injustice proprement dite, je ne sais en quoi elle consiste. Je sais seulement qu'il a perdu son travail.

– Un licenciement n'est pas une injustice ! proteste Jeanne-France, qui ne renie pas son long passé de cheffe d'entreprise.

– Il arrive tout de même que des licenciements soient injustes, sourit Paul Marquis. Il y en a des myriades d'exemples.

– Violette vient de nous dire, rectifie Jeanne-France, que dans ce cas précis l'injustice ne résidait pas dans le licenciement.

– C'est ce que j'ai cru deviner, confirme Violette.

Jeanne-France revient à sa première question.

– Pourquoi dites-vous « trop tard » ? Trop tard pour quoi ? Il avait laissé passer le délai d'aller pleurnicher aux prud'hommes ?

(Comme cheffe d'entreprise, Jeanne-France garde de mauvais souvenirs des conseils de prud'hommes, cette justice bancale qui s'immisce dans l'exécution du contrat de travail. Cela amplifie considérablement les réflexes patronaux qui ne sont pas le meilleur côté de sa personnalité.)

– Oh, non ! dit Violette. Il ne pensait pas aux prud'hommes.

Elle hésite.
– Il est désespéré de n'avoir pu se venger.
Il se fait un formidable silence.
Jeanne-France et Marquis échangent un regard.
– Il a précisément parlé de se venger ? demande Jeanne-France.

Charlotte Limousin, on l'a dit, était sensible et fragile. Elle avait épousé un homme qu'elle aimait et qui ne l'aimait pas. Très astucieusement, Thierry, son mari, après avoir résolu de la mettre hors jeu et de lui voler ses enfants, évita de se montrer odieux et désagréable. Il alterna la douceur, et même la tendresse, et les mauvais traitements.

Quand il était charmant, elle se croyait revenue aux premiers temps de leur mariage, puisqu'elle ignorait alors que ces premiers temps étaient eux-mêmes sans réalité. Prévenant, attentif, il la berçait de compliments démesurés, louait sa beauté, son élégance, sa bonté, son intelligence, et ainsi de suite. Plus il mentait, plus il était content. Était-il agacé par un geste d'elle, une phrase, une disgrâce, d'un coup de baguette magique il en tirait l'assertion contraire. Les mains de Charlotte étaient osseuses, une peau translucide, des phalanges qui n'en finissaient pas, on pouvait les juger inquiétantes, ou bien fascinantes et magnétiques : question de goût. Thierry les avait en horreur. *Elle a des mains vraiment immondes.* Il les prenait dans les siennes, les baisait avec emportement, tes mains ne ressemblent à celles de personne.

Puis, aussi arbitrairement qu'il l'avait encensée, mais avec plus de conviction, il accablait Charlotte de critiques, de soupçons, de reproches.

Charlotte perdait pied. Elle pleurait souvent, il la faisait souffrir. Après quoi, elle pleurait de bonheur quand il lui répétait qu'il l'aimait, qu'il l'aimait, qu'il l'aimait.

Cette politique de chaud et froid fut un succès. Au bout de quelques semaines, Charlotte était mûre pour consulter un thérapeute, elle l'implorait, il faut que je voie quelqu'un, cela lui était arrivé dans le passé, elle avait des antécédents. Elle n'avait même pas besoin qu'on le lui conseillât. Thierry était méthodique : il avait choisi le thérapeute et le fit recommander à Charlotte par sa meilleure amie, habilement briefée. (C'est exactement le psy qu'il faut à Charlotte, mais si ça vient de moi, ça fichera tout en l'air.) Le thérapeute en question n'était ni malhonnête ni dangereux. Sa faiblesse résidait dans sa soif de notoriété. Il rêvait de télévision, de s'y montrer, d'y pérorer, de jouer dans une série son propre rôle, d'en écrire une, ou, modestement, d'y tenir l'emploi de conseiller. Il cultivait dans cet espoir ses relations avec Thierry, ce grand homme de l'audiovisuel. Dès que Charlotte obtint un rendez-vous, Thierry prit les devants, demanda au thérapeute si le fait qu'il connût le mari n'était pas un problème. Le thérapeute répondit que non. Thierry était manifestement perturbé par l'état de sa femme, sa sincérité ne fit pas de doute pour le thérapeute, qui dès lors le tint au courant de tout pour le rassurer et se faire valoir. Thierry, avec de factices précautions de langage, des hésitations, des repentirs, abreuvait le psy d'informations fausses, d'anecdotes du quotidien adroitement déformées, de suggestions implicites jamais énoncées. Nul besoin de génie pour manipuler un psy. Il est comme tout un chacun : s'il vous juge indispensable à sa carrière et à sa vanité, c'est gagné. Le docteur avala goulûment tout ce que Thierry lui servait.

Il parut bientôt inévitable d'hospitaliser Charlotte. Elle passa trois semaines dans une clinique hors de prix au milieu d'un grand parc. Quand elle en sortit, elle faisait peine à voir.

La deuxième hospitalisation ne tarda pas, et ce fut la bonne. Presque assuré d'avoir son émission, le psy, abusé par les propos captieux de Thierry, confia sa patiente à un confrère. Il préférait prendre de la distance. Quand Thierry lui apprit qu'il avait engagé une procédure de divorce, il garda le silence.

– Elle commence à être dangereuse pour les enfants, tu comprends.

On divorce aisément de qui n'est pas en état de se défendre. Thierry Limousin invoquerait devant le juge le risque imminent, l'urgence, la sauvegarde des petites, le déchirement.

– Ça devrait payer, disait son nouvel avocat.

La chance lui fut favorable.

La cousine de Charlotte, avec qui elle avait tout partagé jusqu'à l'adolescence, était en vérité sa meilleure amie, bien qu'elles se fussent trop peu vues depuis le mariage de Charlotte car Thierry la trouvait tarte (ce qu'elle n'était nullement). Elle se nommait Edith, non pas Édith, à la française, mais Edith sans accent, nul ne sait pourquoi, peut-être en hommage à la carmélite allemande d'origine juive, Edith Stein, qui fut gazée à Auschwitz, plus tard béatifiée puis canonisée par l'Église. Ç'aurait été dans ce cas un prénom assez lourd à porter. Durant la première hospitalisation, Edith avait voulu rendre visite à Charlotte à la clinique. Thierry, bien sûr, y était opposé. Il avait donné ses raisons. Edith les avait écoutées. Lors de la deuxième hospitalisation, elle passa outre. Les médecins lui refusèrent l'entrée. Elle devait attendre le lendemain. Elle rentra chez elle, revint le lendemain. Au cours du trajet, un camion devant elle freina brusquement. Elle était distraite. Elle pensait à Charlotte. Sa voiture s'encastra sous le camion ; la jeune femme mourut sur le coup, décapitée.

Sous prétexte de travail en retard et de difficultés à faire garder des enfants, Thierry laissa passer deux jours avant de retourner à la clinique.

– Ma cousine, lui dit Charlotte d'une voix affaiblie par les médicaments, voulait venir me voir.

– Edith ?

– Mais c'était un jour où je ne pouvais recevoir de visites. J'espère qu'elle trouvera bientôt un autre moment. Elle travaille tellement.

Le silence de Thierry fut tellement expressif que Charlotte, devinant un drame, le supplia de parler. Il résista : l'autorisation de lui parler ou pas, le choix de quoi lui dire, appartenait aux médecins, dont aucun, à cette heure tardive, n'était plus à la clinique.

L'accident mortel d'Edith parut à ce point propice aux desseins de Thierry qu'il évita de le rapporter à Judy, de crainte de laisser voir sa satisfaction. Il en était arrivé à haïr Charlotte pour le mal qu'il lui faisait, mais comprenait volontiers que Judy pût ne pas partager cette haine. Par la suite, quand Judy eut connaissance de la mort d'Edith, il prétendit ne plus savoir si elle s'était produite avant, pendant ou après le séjour de Charlotte à la clinique, et minimisa si bien l'intimité des deux cousines qu'il n'en demeurait rien de plus qu'un froid schéma de parenté dressé par un ethnologue ou un généalogiste.

Quand Charlotte finit par apprendre la mort d'Edith, on commença par lui dire que l'enterrement n'était pas encore fixé, les circonstances de l'accident appelant une autopsie (il s'agissait de savoir si, au moment d'être décapitée, Edith avait bu de l'alcool ou consommé des stupéfiants). On ajouta que la famille hésitait encore entre plusieurs lieux de sépulture, entre différentes concessions qu'elle détenait ou envisageait d'acquérir.

Puis on fit savoir à Charlotte que l'enterrement avait eu lieu dans le Cher et qu'une messe serait célébrée à Paris dans un délai raisonnable. Cette fois, on la préviendrait. Ses filles et son mari l'avaient très dignement représentée aux obsèques, excepté au cimetière, où Thierry avait préféré éviter d'aller pour ménager la sensibilité des petites, déjà éprouvées par le spectacle d'adultes en pleurs.

Ces péripéties, ces mensonges accrurent la détresse de Charlotte et, par voie de conséquence, la quantité de médicaments qu'on lui injecta ou lui fit avaler.

Entre-temps, le nouvel avocat de Thierry avait établi la requête en divorce et l'avait envoyée au tribunal. Charlotte reçut la convocation à la clinique, où son séjour se prolongeait.

Durant cette période obscure, un incident la mit aux prises avec ses filles venues lui rendre visite. Adroitement conditionnées par leur père, Juliette et Pauline, voyant les blouses blanches et vertes, les couloirs glaçants parcourus par des ombres trop nettes, les patients, les soignants, les familles, eurent peur. Elles eurent peur de la maladie et de la contagion. Elles eurent peur de leur mère et peur de le montrer. Elles n'osèrent pas s'approcher d'elle, se raidirent quand elle voulut les prendre dans ses bras. Charlotte réagit de façon disproportionnée, dans un réflexe incontrôlable où se mêlaient la colère et le chagrin. Thierry s'était éloigné, il téléphonait dans le hall, il fallait résoudre dans une production en cours un problème qui n'attendait pas. Il y eut des cris, une infirmière dut intervenir. Peut-être serait-il bon, à un moment ou à un autre, d'obtenir d'elle une attestation, un témoignage écrit, se dit Thierry. On ne sait si elle s'y serait prêtée : cela ne fut pas nécessaire, quoique Thierry eût pris soin de noter ses coordonnées.

Charlotte quitta la clinique et se réfugia dans l'appartement de ses parents, où elle retrouva son ancienne chambre, devenue une sorte de débarras. Sa mère y avait installé sa machine à coudre et son père y entassait les outils avec lesquels il prétendait bricoler. On poussa le tout dans un coin, avec les restes de l'adolescence de Charlotte. Cela ne rendit pas l'endroit plus accueillant. La machine à coudre et les outils étaient chez eux, Charlotte de passage.

Elle ne dit évidemment pas un mot à ses parents de la procédure de divorce. Aux questions qu'elle avait balbutiées, Thierry avait répondu comme on jette des pierres. Il avait confirmé sa décision. La vie ensemble n'était plus possible, n'avait plus aucun sens. C'était fini. Inutile d'en parler.

Le juge qui convoqua Thierry et Charlotte Limousin était une juge, comme l'avait prédit l'ancien copain de lycée de Thierry. Elle les entendit dans le cadre de l'audience de conciliation. Charlotte n'avait pas pris d'avocat, Thierry vint sans le sien, conséquence de profonds calculs : il fallait éviter que Charlotte ait l'air d'une victime. Plutôt que de disposer, contre elle et face à elle, des conseils et des roueries d'un professionnel, Thierry devait se présenter à l'audience aussi démuni que possible, aussi incertain que Charlotte, aussi perdu qu'elle dans le tumulte des sentiments et des complications. L'avocat avait insisté là-dessus.

– Tu sais exactement ce que tu veux. Il faut donner l'impression inverse. Il faut que le juge…

– Ce sera probablement une femme, le coupa Thierry.

– À plus forte raison. Il faudra que la juge ait pitié de toi autant qu'elle aura pitié d'elle, et même un peu plus.

Les deux hommes s'étaient vite tutoyés. Il régnait entre eux une complicité de caserne ou de vestiaire sportif, chacun ayant la sensation rassurante et délicieuse de s'abaisser au niveau de l'autre, non d'afficher sa personnalité authentique. (C'était pourtant le cas.)

Devant la juge, Thierry joua très bien son rôle. Il avait cru à leur mariage, leur mariage avait déraillé. Désormais, ils se faisaient l'un à l'autre trop de mal, et leurs filles en souffraient. Il se sentait lui-même cruellement responsable de l'état de Charlotte ; plus il s'appliquait à bien faire, plus cet état se dégradait, et c'était quelque chose d'affreux, d'insupportable. Disant cela, il ne montrait pourtant pas la plus petite émotion. Une fois, une seule, après plusieurs minutes, il laissa deviner un infime tremblement contenu de la voix, si fugace que la juge se complimenta intérieurement de son acuité à le percevoir. C'est ainsi qu'il faut être, songea-t-elle, une plaque sensible. Hélas ! on n'y parvient pas toujours, mais alors, quelle plénitude. C'est cela, conclut-elle. L'honneur d'un JAF réside dans l'écoute. (Comme tout le monde, elle usait volontiers de l'acronyme, plus bref et moins pesant que l'énoncé complet du titre de juge aux affaires familiales.) Bien sûr, un JAF ne doit jamais perdre de vue la loi de la République, qu'il a pour mission de faire appliquer, ni l'intérêt de la société. D'abord et avant tout, protéger les enfants, comme les textes et sa conscience le lui ordonnent. Pour cela, poursuivit-elle intérieurement, l'écoute, l'écoute. Le JAF, à cet égard, est une sorte de psychanalyste.

Se comparer au psychanalyste n'est pas le propre des JAF, ni des magistrats en général. Tant de métiers y prétendent. Tant de comptables, d'orthodontistes, d'agents immobiliers ou de banquiers d'affaires se flattent eux aussi de leur sensibilité à ce que la demande de leur clientèle comporte d'informulé, d'inavoué, de désir opaque. Ils poussent toutefois rarement l'analogie jusqu'à pratiquer l'attention flottante ou à encourager leurs clients à associer librement.

Tout à sa méditation, la JAF avait un peu perdu le fil des déclarations de Thierry, dont le ton modeste et positif continuait de l'attendrir. Elle éprouvait pour lui une bienveillance née de celle qu'elle ressentait pour elle-même et qui s'étendait, de proche en proche, à l'ensemble des justiciers et des justiciables, et enfin à l'humanité entière.

Thierry voyait le succès de sa ligne de conduite, il exultait, il aurait pu hurler de joie : rien ne transparaissait de son jeu manipulatoire. Il ne sortait pas de son rôle, demeurait absolument dédoublé. Il se sentait fort. Il l'était. Plus fort que son avocat, qui lui avait recommandé de se montrer pathétique. Le choix de la sobriété, du jeu en dessous, c'était lui, Thierry. Le stratège.

Il ne faut pas se méprendre : le mot de *conciliation* qui donne son nom à la première audition dans le cabinet du/de la juge aux affaires familiales n'a rien à voir avec une quelconque tentative de *réconciliation*. L'article 252 du code civil est très clair : *le juge cherche à concilier les époux tant sur le principe du divorce que sur ses conséquences*. En d'autres termes : ne perdons pas de temps. Mettez-vous d'accord en vitesse et divorcez.

Personne n'avait annoncé à Charlotte que la juge la recevrait seule, comme le prévoit la procédure. Elle pensait comparaître en compagnie de Thierry, se taire et s'appuyer sur lui, le laisser parler, approuver tout ce qu'il dirait. Afin de tenir bon, elle avait avalé un cognac avant, elle qui ne buvait jamais.

Pendant que la juge entendait Thierry, elle avait été prise de panique. Dans la salle d'attente, une autre future divorcée, qui avait prévu elle aussi de s'alcooliser, lui offrit de partager une gorgée de sa flasque, de sorte que, se présentant après son mari devant la juge, Charlotte titubait, l'haleine chargée. Elle ne fit pas bonne impression.

La juge se chargea de résumer à sa manière la situation, en fonction de ce que Thierry venait de lui dire. Elle attendit la réaction de Charlotte.

– Il a raison, dit-elle enfin, je le comprends. Je suis un poids pour lui, je le suis pour moi-même, mes filles ont peur de moi, elles ont raison aussi. (Etc.)

La juge en vint aux mesures provisoires, lesquelles fixent la résidence séparée des époux (qui va conserver la jouissance de l'appartement conjugal ?), le montant de la pension alimentaire versée éventuellement par l'un des deux, les modalités de garde des enfants. L'objectif de Thierry était d'occuper l'appartement jusqu'à son départ pour les USA, de ne pas donner un centime à Charlotte et (dans ce but) d'obtenir la garde des deux filles. Une habileté particulièrement abjecte de son avocat avait consisté à ne formuler explicitement aucun de ces desiderata. La requête se bornait à inviter la juge, dans les termes les plus vagues, à statuer au plus vite sur ces questions, ce qu'elle était censée faire en tout état de cause.

Les mesures provisoires sont provisoires. Le jugement de divorce peut les remettre en cause. En réalité, il les confirme presque toujours, surtout quand il y a des enfants, pour ne pas chambouler sans arrêt les conditions de leur existence. C'est ce sur quoi comptaient Thierry et l'avocat. Charlotte était pour l'instant hors d'état de se défendre, et plus tard ce serait trop tard.

La juge l'interrogeait du regard.

– Je pense que Thierry y a pensé, bredouilla Charlotte. On fera comme il voudra. On fera comme il a décidé.

Or Thierry, pas plus que dans sa requête, n'avait prétendu devant la JAF décider de quoi que ce soit. Celle-ci croirait de la sorte s'en rapporter à sa seule sagacité.

Elle n'eut pas la patience de faire durer son entretien avec Charlotte. Elle n'en tirerait rien de plus. Elle fit revenir Thierry. Charlotte était malade, le cognac ne passait pas, elle avait envie de vomir. Elle demanda à sortir. La juge se retint de soupirer.

Cette audience de conciliation tournait à la farce.

Thierry Limousin baissa la tête.

– Vous voyez dans quel état elle est. Je pense que je ne lui fais pas de bien.

La juge fut touchée. Thierry le perçut. Quel artiste je suis ! pensa-t-il de nouveau.

Tout alla très vite. La résidence séparée ? Charlotte était logée par ses parents. Les enfants ? Il n'y avait pas de place pour eux chez les parents de Charlotte, qui admit d'ailleurs qu'elle préférait ne pas les voir pour le moment. Thierry, qui ne l'avait pas mentionné jusqu'alors, évoqua à demi-mot l'incident entre Charlotte et les filles à la clinique. Interrogée par la juge, Charlotte donna des précisions, toutes désastreuses. Elle avait besoin de soins. Elle devait continuer son traitement. Les psychiatres suggéraient un séjour assez long. La clinique était luxueuse, Thierry avait négocié avec sa mutuelle une prise en charge très convenable, et les parents de Charlotte, ayant vendu récemment leur affaire, avaient constitué pour leurs enfants, Charlotte et son frère, un fonds qui leur procurait des revenus suffisants pour subvenir à leurs besoins.

Thierry obtint toutes les mesures provisoires qu'il souhaitait. Charlotte remercia la JAF de sa compréhension.

Pendant les séjours en clinique de Charlotte, puis à la faveur des mesures provisoires, Thierry, quand il devait par exemple se rendre à une projection (suivie d'un cocktail), demandait à Judy de venir garder les petites filles en tant que baby-sitter afin qu'elles apprennent à se connaître.

Un matin, Pauline surprit Judy dans le lit de son père. Il expliqua qu'il l'avait trouvée, en rentrant, endormie dans le canapé du salon. Il savait qu'elle était fatiguée, il avait préféré ne pas la réveiller, avait étendu sur elle une couverture. Elle avait fait pendant la nuit un horrible cauchemar et elle était venue se réfugier auprès de lui.

– Comme tu l'as fait toi-même il n'y a pas si longtemps, Paulinou, tu te souviens ?

– Toi, papa, tu ne fais jamais de cauchemars ?

– Ça m'arrive.

– Mais tu n'as pas peur.

Il y avait au sein du groupe Minémé, tout au fond d'un recoin de la France périphérique, une usine perdue au cœur d'une friche. Étienne Manadier avait été chargé de la visiter dans le cadre de ses imprécises fonctions. On y fabriquait depuis 1923 des pièces mécaniques assez grossières, qui étaient la risée de la concurrence tant leur coût était supérieur à celui du marché mondial, à qualité sensiblement égale. Étienne avait été accueilli avec un mélange de méfiance et de cordialité dont son dandysme s'était délecté. Il avait écouté avec patience tout ce qu'on lui avait raconté. L'usine devait sa survie à un proche de l'ancien président, dont il partageait les lubies et la haute moralité. Les motifs de cette protection étaient obscurs et avant tout sentimentaux. De retour à Paris, Étienne s'était rendu chez cet homme. Il habitait Boulogne. Il reçut Étienne avec chaleur et lui tint des propos paternels et incohérents, d'où il ressortait que le monde avait besoin de pauvres, de couleur locale et d'usines sans avenir mais riches de leur passé, et qu'il fallait donc préserver celle-ci. Cette usine. Fraîchement retraité, l'homme avait encore du poids. Fredonnet n'avait pas jugé utile de se le mettre à dos. Il avait laissé les choses en l'état.

Jusqu'à ce que cet homme meure, noyé en mer. Il était plaisancier.

Le moment parut propice à Fredonnet. Cette usine est loin de tout, c'est une survivance où ne travaillent plus qu'une soixantaine d'employés. Liquidons, se dit-il.

Le directeur Jean-Yves Truchard était résolument hostile à la fermeture. Il voulait préserver l'emploi, il rêvait d'un maintien de l'activité qui selon lui était possible au prix d'un effort de reconversion, etc. Issu d'une famille d'ouvriers catholiques appliqués, dignes et syndiqués, c'était un enfant du pays, et qui venait d'en bas. Quand il avait pris la tête de l'usine, le personnel comptait plus de cent soixante salariés, faisant parfois des kilomètres pour venir y pointer. Son père, son oncle et d'autres y avaient trimé. Il avait été placé là par l'homme récemment noyé. Une heureuse initiative, tout à fait défendable, Truchard remplissait toutes les conditions, jusqu'à un diplôme d'ingénieur en mécanique, dont la modestie et le peu de prestige faisaient ricaner François Fredonnet. Mais il lui manquait la parfaite indifférence au destin de l'usine, à son personnel, à son histoire et à son terroir, que Fredonnet et ses semblables attendent des dirigeants qu'ils dirigent.

Quand il racontera tout cela à Violette, Étienne aura le courage de lui avouer qu'il a ricané avec Fredonnet du diplôme d'ingénieur minable de Truchard.

– J'ai ri servilement, j'ai étalé ma soumission et mon ignoble complicité.

Truchard avait durement souffert des précédentes réductions d'effectifs. Il avait pris sur lui, espérant contre toute raison un développement miraculeux, une modernisation, de nouvelles embauches, un retour de la prospérité locale, une aurore. Il le croyait, il le disait, on l'écoutait, et Paris le trouvait adroit.

L'usine cependant continuait de rétrécir, de se ratatiner.

Elle avait été, dans la commune qui l'abritait, le fleuron de l'industrie locale ; elle en était devenue l'unique vestige. La campagne commençait à sa porte, tandis que les anciennes fabriques et les ateliers désaffectés étaient, pour certains, détruits et remplacés par des squares ou de petits immeubles, et pour d'autres, plus ou moins réhabilités, transformés en résidences d'artistes ou en lieux de création répandant dans le voisinage des spectacles mêlant tragédies familiales et souvenir des luttes ouvrières. Un peu plus loin, il y avait le stade, près duquel la municipalité avait fait construire deux courts de tennis, très rarement utilisés, excepté par les comédiens de passage. Et, plus bas, un ruisseau où Jean-Yves Truchard enfant pêchait des écrevisses.

Tout cela est bien bucolique.

Jean-Yves Truchard pose mentalement son regard sur ce paysage : si toute industrie en disparaît, il se décomposera, il s'effondrera, il sera englouti. La folklorisation de ce qu'il en restera ne fera qu'aggraver la mortelle blessure. Il faut trouver une solution.

Truchard se dit qu'aucune décision définitive n'a encore été prise. Un avenir est encore possible. Il se met au travail.

Il a déjà réfléchi. Il lui suffit de compléter sa réflexion, de raffiner, d'étayer. Il recoupe des données, il calcule, il imagine. Le temps d'une nuit blanche, il rédige un mémo solide et argumenté pour le président. Depuis le temps qu'il y pensait.

Dans son mémo, il recommande de remplacer la production actuelle de l'usine, il en sait mieux que personne l'absence radicale de compétitivité, par des fabrications plus rustiques dont le marché, pas si minuscule en définitive, est exploité par une myriade de très petites entreprises encore plus archaïques et dépassées. En gros, une activité désolante, sans éclat, qui n'intéresse personne, sauf ceux qui en vivotent, mais qui est nécessaire, le marché existe, il y a une demande, un besoin à satisfaire. Pour prendre une analogie boiteuse, la proposition de Truchard revient à convertir un atelier d'ébénisterie en magasin de découpe de contreplaqué. C'est triste, un abaissement affreux, un coup porté à l'orgueil métallo, mais l'usine ne disparaîtra pas, les emplois et les salaires seront à peu près préservés, et on pourra, à terme, face à une concurrence faible et atomisée, dessiner des perspectives un peu plus reluisantes.

Le document atterrit entre les mains d'Étienne Manadier. Il téléphone à Truchard pour obtenir les quelques précisions qui lui paraissent faire défaut (il commence à s'y connaître). Cinquante minutes plus tard, Truchard lui transmet une version modifiée. Étienne est touché. L'enthousiasme de Truchard est contagieux.

– C'est montrable au président, je transmets, conclut Étienne. Maintenant, je ne peux rien garantir, sinon qu'il vous lira.

Moins d'une semaine plus tard, Truchard est à Paris, dans le bureau démesuré de Fredonnet. Concentré sur son objectif, il ne se laisse pas plus impressionner par le décor que ne le sera Milo.

Tandis que Fredonnet se lève pour l'accueillir, il tente de repérer son mémo parmi les quelques dossiers et les rares papiers visibles. Rien. Il se demande si Fredonnet l'a seulement lu, ou s'il s'est contenté d'un résumé en trois lignes torché par un sous-fifre, tiens, par exemple le jeune Manadier, ce prétentieux.

Il ne faut pas sous-estimer François Fredonnet. Après un silence qu'il a voulu monumental, marmoréen, mais dont Truchard, ingrat, n'a pas senti le poids, il prend la parole et démontre une connaissance et une compréhension du dossier qui sont impressionnantes. Il a lu le mémo ; en personne ; il résume, il synthétise, élargit les données compilées par Truchard, les enrichit, les affine, les met en perspective. Un numéro, certes, mais impeccable, éblouissant, digne d'un grand oral.

Truchard est bluffé. Il entend Fredonnet détailler son plan, le couvrir de fleurs, l'adopter.

– Ce que vous proposez me plaît. J'aime les hommes qui préfèrent les solutions aux récriminations.

Un silence encore, plus bref, mais tout aussi impérial.

– Toutefois, commence Fredonnet. Toutefois.

Le voici qui va dérouler les objections. Truchard n'est pas idiot. Il les attendait. Toujours souffler le chaud et le froid ; dans quel ordre, c'est selon. On commence par glacer, puis on tempère. Ou bien on câline, avant d'assommer, de dégriser.

Les réserves de Fredonnet tiennent avant tout à la situation géographique de l'usine. Elle n'est pas à l'endroit qu'il faudrait. C'était parfait il y a cinquante ans, quand elle était campée au cœur d'un tissu industriel vigoureux. Aujourd'hui, elle n'est plus que le centre déclinant d'un territoire à l'abandon. Jamais modernisées, les voies de communication, en particulier, sont médiocres, les solutions logistiques boiteuses et incertaines. Pensons aux gros camions, aux lourds chargements qui devront s'écouler de l'usine par l'unique nationale étroite et sinueuse.

(Sinueuse, n'exagérons rien, pense Truchard.)

– Vous en êtes d'ailleurs conscient. Vous y faites allusion.

Geste de Truchard.

– Disons que vous le signalez avec délicatesse, corrige Fredonnet. Sans trop insister. Vous passez aussi très vite sur certains problèmes qui pourraient surgir d'une partie du personnel. Mais vous les mentionnez, c'est très bien. En eux-mêmes, ces problèmes ne sont pas insolubles. En revanche, celui de la géographie me paraît malaisément surmontable.

(Rictus de Fredonnet, électrisé par l'adverbe qu'il vient d'employer.)

Truchard entend Fredonnet lui expliquer qu'il approuve son projet à condition de l'implanter ailleurs. Il laisse dire. Pas de réaction. Pas de protestation. Fredonnet a pourtant dû se renseigner sur lui, connaître son attachement à son terroir. Il ne peut ignorer que le but de Truchard est de sauver le bourg, de sauver sa maison d'enfance, non pas d'offrir l'occasion à Minémé d'engraisser davantage.

Fredonnet est lancé.

– Plusieurs solutions sont envisageables. En France, bien sûr. Ras-le-bol des ateliers lointains, du pidgin, du wolof, des idéogrammes et de la nourriture exotique. Attendez, laissez-moi finir. D'autres sites du groupe pourraient convenir, nous pourrions aussi en acquérir un à l'extérieur, il ne faut pas s'interdire de prospecter hors de notre petit périmètre, de créer quelque chose même là où il n'y a rien, *ex nihilo*, y compris dans votre région, bien que cela ne semble pas, à première vue, ce qu'il y a de plus rationnel. En France, dans tous les cas en France, j'insiste. La France doit demeurer une nation industrielle, avec tout ce que cela implique. C'est chez moi une conviction profonde. Et aussi, et d'abord, une ambition.

Redescends, pense Truchard. Il a découvert, depuis qu'il fréquente des importants, qu'il existe des hommes, surtout des hommes, qui passent une partie de leur existence sur des estrades portatives imaginaires, des hommes perchés, juchés, qui haranguent. Ce n'est pas tout à fait parler tout seul ; ça s'en approche.

Redescends, pense-t-il.

– La première étape, conclut Fredonnet sur un mode plus intime et plus familier, vous le savez aussi bien que moi, c'est la fermeture de l'usine.

Milo professe que n'est un homme que celui qui ne se laisse pas détourner de ses objectifs ; or c'est cela qu'il veut être : un homme. En vertu de quoi, il tient fermement à châtier celui qui l'a humilié avant de le semer : l'enquêteur privé Régis Tissier.

Il pense d'abord, pour trouver celui qu'il cherche et dont il ignore l'identité, suivre la piste d'Étienne Manadier que François Fredonnet lui a fournie. Puis il se souvient du vigile qui l'a retenu à la porte du grand magasin où le petit privé l'a semé. Ils sont forcément de mèche.

Milo décide d'aller l'épier sur son lieu de travail pendant plusieurs heures. Nous savons que l'homme est d'une taille remarquable. Cela facilite la surveillance.

Quand le vigile quitte son travail avec l'insouciance du père de famille qui regagne son foyer, Milo lui emboîte le pas et le file jusqu'à une banlieue semi-résidentielle desservie par le métro.

Il recommence le lendemain.

Il a la joie de constater, les deux fois, que le trajet à pied de la station de métro à la résidence où gîtent femme et enfants passe par un endroit propice, une ruelle isolée, obscure, qui dépérit entre un chantier interrompu et une annexe administrative de la mairie.

Super, pense Milo.

Tout autre que lui hésiterait à affronter seul le colosse africain (en réalité antillais, ce qui ne change rien à sa stature ni à sa musculature).

Milo n'est pas inquiet. Il compte sur la surprise.

Il juge bon néanmoins de prendre conseil auprès de l'un de ses maîtres en combat de rue.

– Il faut l'assommer, affirme ce dernier. L'affrontement physique avec un adversaire de ce format est toujours incertain. Il peut tirer parti de sa masse.

– Si je l'assomme, comment pourrai-je l'interroger ?

– Ah, tu veux lui parler.

– Je veux qu'il me parle.

Le maître réfléchit, s'informe du lieu prévu pour l'opération, puis prodigue ses conseils, à savoir l'usage d'une bombe de gaz lacrymogène et d'un bâton : on lui balance une bonne giclée de gaz dans la figure et on profite des pleurs et de la suffocation pour lui coller un solide coup de bâton dans les genoux, de façon à le mettre à une hauteur convenable. Un autre coup de bâton, dans le dos (pour le désorienter), il ne reste plus qu'à braquer un pistolet et à lui poser les questions qu'on a préparées.

Dans le feu de l'action, Milo ajoute un coup porté dans la figure avec le canon de son arme, qui fait éclater l'arcade sourcilière du vigile.

Les choses se présentent on ne peut mieux.

– Tu te souviens de moi ? éructe Milo en pointant son pistolet vers le visage du vigile.

Le vigile se souvient.

– Je filochais un bonhomme, un privé de merdre (Milo prononçait comme le Père Ubu, non par référence littéraire, mais en raison d'une maîtrise insuffisante de notre langue), et tu me l'as fait perdre.

Le vigile tente d'essuyer les larmes et le sang qui coulent sur sa joue.

– Tu ne bouges pas !

Une arcade sourcilière suffit. Le vigile s'immobilise.

– Tu sais qui c'est, tu sais où je peux le trouver, tu vas me le dire.

Une remarque en passant : les deux « tu sais » ci-dessus sont légitimement à l'indicatif présent : ils énoncent une affirmation, qui peut être erronée sans perdre son caractère affirmatif. Le « tu vas », de même que le « tu ne bouges pas » qui précède sont des impératifs déguisés en indicatifs, ainsi qu'on en use dans les familles : Tu finis ton assiette ! (En réalité, ce n'est pas l'assiette qu'il s'agit de finir, mais ce qu'il y a dedans.)

– Je sais qui c'est, mais je ne le connais pas. Il arrive, il me donne de l'argent pour empêcher qu'on le suive, je prends l'argent et je fais ce qu'il me demande.

– Alors tu rends service à n'importe qui ?

– C'est pas n'importe qui. C'est un privé.

– Combien ?

Le vigile ne comprend pas tout de suite la question. Milo en déduit qu'il ment et qu'il est bel et bien un affidé du petit privé.

– Il te donne combien ? répète-t-il.

– Ça dépend. Un gros billet. Cent, deux cents.

– Réfléchis bien, dit Milo en approchant son arme plus près du crâne du vigile.

– J'ai fait ça deux ou trois fois, peut-être quatre, c'est tout. J'ai pris l'argent, c'est normal. Sinon, je ne le connais pas. Je vous jure.

Faut-il le croire ? Faut-il le punir pour lui avoir fait manquer la filature ?

Ce n'est pas lui qui m'intéresse, pense Milo.

– Si tu te souviens du nom et de l'adresse sur le permis de port d'arme que je t'ai montré ce jour-là, oublie. L'un et l'autre sont faux, mais je saurai tout de suite que tu me cherches.

Il lève la main comme pour frapper de nouveau le vigile.

– Crève ! dit-il, mais il ne fait rien de plus et disparaît dans la ruelle.

Le vigile se demande jusqu'à quel point son genou et son dos sont démolis. Cela lui fait atrocement mal, le gaz lacrymogène lui brûle les yeux, il se retient de pleurer.

Milo ne se décourage pas. Pour se venger du petit privé, il ne dispose pas du soutien de la Société Monte-Cristo, qui d'ailleurs le lui refuserait. Il n'est pourtant pas sans ressources. S'il a peu ou pas d'amis, il s'autorise à considérer comme tels les quelques-uns qu'il nomme, avec tendresse, ses frères d'armes. Parmi eux, l'un jouit d'un prestige mitigé. Il a été, au pays, son chef, on n'ose dire sa conscience. Depuis la fin des événements qui les avaient réunis dans une milice, on murmure qu'il a mis ses compétences au service d'activités criminelles, telles que le commerce de stupéfiants, la prostitution et le trafic d'êtres humains. Il est plus que jamais puissant, craint et respecté ; par qui, c'est au cas par cas. Les réponses varient.

Il possède plusieurs noms, quelques surnoms, divers sobriquets, et un ou deux grades militaires de fantaisie. Par commodité, nous nous en tiendrons, dans ce fatras d'identités, au prénom de Goran, que Goran aime bien.

Goran s'est aménagé un refuge dans la deuxième cour d'un petit immeuble vétuste de Seine-Saint-Denis, dont les fenêtres sur rue sont murées. La première cour a l'apparence d'un squat répugnant, elle est jonchée d'ordures et de détritus. Elle n'est cependant le lieu d'aucun trafic, ni d'objets volés, ni de shit, ni de faux papiers, rien. Le calme y est absolu. Ordures et détritus sont inodores, ce sont des accessoires de théâtre, un décor, un trompe-l'œil, un faux-semblant, destinés à donner à la police, qu'elle soit nationale ou municipale, un sentiment de rassurante familiarité. Les quasi-dortoirs qui bordent cette cour et la suivante n'appartiennent pas à des marchands de sommeil : ils servent de caserne aux hommes de Goran. Ce sont de petits studios ou des deux-pièces d'une propreté absolue, hygiénique, militaire : les lits doivent être faits au carré, et chaque occupant, à raison de deux ou quatre par logement, dispose d'une armoire métallique où peu d'affaires personnelles sont rangées dans un ordre imposé. Dans la cave, derrière une fausse cloison, une chambre forte contient des armes et des munitions, ainsi que de grosses armoires abritant uniformes, tenues de combat, paquetages et déguisements. L'argent liquide, le butin, les choses précieuses sont stockés dans un coffre chez Goran, où tout visiteur est fouillé à l'entrée comme à la sortie.

Milo est dans une impasse. L'attaque du vigile était la seule carte qu'il pouvait jouer seul. Il se résout à faire appel à Goran. C'est au cœur de ce fortin caché qu'il va le rencontrer.

Après avoir franchi le faux squat, traversé la deuxième cour où veillent des gardes armés, puis, à l'intérieur du troisième bâtiment, patienté dans une sorte de sas ménagé entre deux portes blindées, Milo pénètre dans une copie d'appartement du XVIe arrondissement de Paris. L'endroit est fastueux. Décoré dans un style moderne de palace, opulent, silencieux, il exhibe un luxe juste assez tapageur.

Au fond, après deux salons, une terrasse donne sur un petit parc qui se prolonge en une forêt plantée selon les préceptes d'écologie végétale du botaniste japonais Akira Miyawaki, très touffue, sa densité et de hauts murs en font un ouvrage de défense remarquable : impossible de pénétrer par ce côté-là.

Ce n'est pas que Goran croie sa citadelle imprenable, inexpugnable : son esprit courbe et retors lui a suggéré de laisser croire qu'il le croit, d'en faire ainsi un piège éventuel, dont lui seul sortira par les caves et les souterrains.

Goran serre Milo dans ses bras, son frère d'armes. Comme chaque fois, Milo s'étonne que Goran ait si peu le physique de l'emploi. Il n'a l'air ni d'un voyou ni d'un combattant, mais, petit et contrefait, avec ses lunettes cerclées de métal, d'une espèce d'intellectuel. C'est ce qui lui commande d'en rajouter dans la férocité. Son apparence est deux fois trompeuse : il n'a pas l'air de ce qu'il est, il n'est pas ce dont il a l'air. Réfléchir, ça oui, il sait faire. Combiner, calculer, échafauder des stratagèmes, prêcher le faux, bluffer, faire peur, déjouer les manœuvres d'autrui, détecter les failles. On est loin de toute pensée abstraite.

Milo lui raconte brièvement ses mésaventures. La filature, le grand magasin, l'assaut du vigile et son résultat (nul).

– Tu t'es fait semer, ça arrive. Pas de quoi en faire une histoire.

– Le mec s'est foutu de ma gueule.

Goran affiche une mine compréhensive. Il est douloureux d'être moqué.

– Pourquoi le suivais-tu ?

Milo rapporte l'ordre de son patron Augustin Maréchal (Goran sait de qui il s'agit). Il cite Fredonnet et Manadier.

– Puisque tu n'a rien obtenu du vigile, c'est par ce Manadier que tu as une chance de retrouver ce type.

– Tout seul, c'est impossible. Il faut que tu m'aides.

Goran se fait prier, puis accepte.

– Parce que c'est toi.

Ce n'est pas vrai. Ce qui décide Goran, c'est la mention de François Fredonnet. Il lit les journaux, il le connaît. C'est du gros gibier. Ça peut profiter, on ne sait jamais. Par ailleurs, il a imaginé de nouvelles méthodes de filature qu'il est impatient de tester : au lieu de chercher à rendre les opérateurs invisibles, indécelables à force de banalité, il s'agit de les rendre voyants, indiscrets. Fausse famille syrienne, cycliste excentrique, livreur-fleuriste chargé de bouquets, joggeur multicolore, mendiant aveugle (avec sébile), danseur de rue (avec soundbox), piétons qui se déplacent en trottinette électrique, skate, hoverboard. Comment les démasquerait-on ? On ne voit qu'eux. C'est *La Lettre volée* de Poe transformée en carte postale qui couine. Toute cette pittoresque ménagerie se combine aux fileurs grisâtres ordinaires dont il n'est pas question de se priver.

Il promet donc à Milo :

– Dès qu'on localise ton privé, on te prévient.

– Dans combien de temps, d'après toi ?

– Le temps nécessaire. Jusqu'à ce qu'on ait des résultats. Je mets le monde qu'il faut, aussi longtemps qu'il faut.

Goran fera ce qu'il dit. Il semble que quelqu'un veut faire chanter Fredonnet. C'est alléchant.

Milo devrait s'étonner de l'obligeance de Goran. Mais il la juge normale, entre frères d'armes.

Le divorce prononcé, Thierry épuisa le délai de décence qu'il s'était fixé avant de confesser que Judy et lui s'étaient beaucoup rapprochés. Il obtint bientôt l'autorisation de s'établir aux USA avec ses filles, en échange de l'engagement qu'elles passeraient les grandes vacances en France. Charlotte était toujours en traitement, absente, abattue. Elle doutait de pouvoir accueillir ses filles en juillet.

Trois années passèrent. Juliette et Pauline grandissaient en préadolescentes américaines et s'entendaient formidablement bien avec Judy. Le climat était d'autant plus chaleureux, d'autant plus familial que les parents de Judy avaient surmonté la réticence initiale que leur inspiraient les huit ans d'écart entre leur fille et Thierry, sans compter son origine française. De son côté, Thierry n'avait pas ménagé ses efforts pour les séduire, et le père de Judy l'avait finalement associé sinon à ses entreprises, du moins à quelques-unes de ses productions. On avait pour cela quitté LA pour NY. Tout allait pour le mieux, tandis que, à neuf ou dix mille kilomètres de là, puis seulement à six mille, Charlotte continuait à se décomposer.

C'est alors qu'Odile Klein eut vent de l'histoire. Charlotte était sa cousine germaine, bien plus jeune qu'elle. Elle avait appris ses ennuis, son divorce, ses séjours en clinique ; sans s'en informer plus avant. Elle voyait assez souvent Gilberte, la mère de Charlotte. Elles avaient des passions communes, qui ne se limitaient pas à la couture. Un jour, sa tante lui parla avec virulence de Thierry Limousin, son ex-gendre. Il était selon elle l'unique responsable de l'état de sa fille. Nous savons, nous, qu'elle n'avait pas tort. Odile n'y vit qu'un parti pris familial bien excusable.

Tout aurait pu en rester là. Il faut beaucoup de circonstances pour que les intrigues s'enclenchent. On reproche aux scénaristes de les multiplier exagérément et d'empiler à l'envi les péripéties qui les arrangent. Ils ont même une expression dans leur jargon pour les désigner : les « comme par hasard », abrégés en CPH. La vie, la vraie vie, ne recule pas non plus devant les CPH. Gilberte fit une mauvaise chute, dut passer quelques jours à l'hôpital. Odile lui apporta des chocolats, car elle habitait à proximité de la boutique d'un chocolatier réputé et se souvenait combien sa tante : (1) en était friande ; (2) avait été bonne pour elle dans les moments difficiles qui avaient suivi la mort de ses parents, disparus à quelques semaines d'intervalle.

Premier CPH, la fracture de tante Gilberte. Deuxième CPH, son absence au moment où Odile se présente à son chevet chargée de chocolats fins : elle est en vadrouille dans une autre aile pour un de ces examens spécialisés dont les hôpitaux raffolent. Troisième CPH, Odile tombe sur Charlotte Limousin, qui ne se résout pas à reprendre son nom de jeune fille.

Il n'y a pas de quatrième CPH : le fait qu'Odile soit liée à Jeanne-France Courage et travaille pour la fondation n'en est pas un. Il est constitutif du personnage.

L'aspect de Charlotte horrifia Odile. Elle ne la reconnut pas. Elle l'aborda avec délicatesse, comme si de rien n'était, sans apitoiement. Elles purent longuement bavarder en attendant le retour de Gilberte, et Charlotte lui raconta tout. À aucun moment, Charlotte, à la différence de sa mère, ne mit Thierry en cause. Mais Odile n'était pas si bête, elle avait été saoulée de récits féminins de divorces non seulement par ses amies, mais aussi par des collègues, des employées de clients ou de fournisseurs de la fondation, et jusqu'à de parfaites inconnues. Et puis Gilberte l'avait alertée. Elle comprit très précisément quel fumier avait été l'ex-mari.

Elle fut indignée.

– Y en a quand même qui s'en sortent un peu trop bien, dit-elle le lendemain (ou le surlendemain) à Jeanne-France Courage.

Elle remâchait sa détestation de Thierry Limousin.

– Ouais, y en a, répondit Jeanne-France, qui ne reculait pas toujours devant la familiarité. Tu penses à quelqu'un de précis ?

Jeanne-France estimait Odile. Elle ne la croyait pas capable de proférer vainement des généralités creuses. D'où sa question.

Odile vida son cœur. Elle accabla Limousin devant sa patronne. Jeanne-France l'écouta et, petit à petit, grâce aux réponses d'Odile, évalua de mieux en mieux l'ampleur de la vilenie et l'étendue des dégâts.

– Il faut faire quelque chose.

– Même la juge était de son côté, s'insurgea Odile. Y a rien à faire.

– Un juge n'est pas la justice, énonça sentencieusement Jeanne-France. Et la justice doit prévaloir sur le mauvais juge. Nous allons nous occuper de ce vilain bonhomme.

Odile, sans s'en douter, était tombée à pic. (Thierry Limousin, lui, en maltraitant la cousine d'une proche de madame Courage, était très mal tombé.) Jeanne-France, juchée sur le tas d'or d'Haydée, avait finalement résolu de l'employer selon les volontés de la défunte, donnant ainsi à la mort d'Haydée, après plus d'un siècle, une toute neuve actualité. Il manquait à cette résolution de Jeanne-France un champ d'application. Odile le lui fournissait. L'éclair de la justice allait fondre sur l'affreux Limousin.

Jeanne-France avait retenu des leçons d'Édouard, élève-professeur et fils de Béatrice-du-golf, qu'un des défauts majeurs de la vengeance réside dans son caractère outrageusement personnel, d'où naît la fureur. Le caractère totalement impersonnel de la véritable justice, expression de la société et qui s'exerce en son nom, est à l'opposé. Il offre toute garantie de sérieux et de mesure. Jeanne-France avait été troublée par ce raisonnement. Elle avait réfléchi. Sans en rien dire à Édouard, que cela aurait d'ailleurs étonné au point de douter soit de la qualité de son enseignement, soit de l'intelligence de sa vieille élève, elle avait conclu que sa propre entreprise, telle que conçue par Haydée, échapperait aux arguments hostiles des philosophes puisque la vengeance ou la justice qu'elle exercerait, n'étant pas actionnée par la victime du tort ou de l'injustice, ne pourrait s'abîmer dans les regrettables excès d'une vindicte privée. N'est-ce pas ?

Un deuxième obstacle subsistait : tant que Jeanne-France était seule à décider, le caractère individuel subsistait, et une partie des dangers qui l'accompagnent.

Odile était la solution. Avec elle, Jeanne-France était deux, et les objections des philosophes achevaient de se dissoudre dans leur insuffisance conceptuelle. Deux étant d'autre part le commencement de plusieurs, c'était un premier pas vers la forme institutionnelle achevée dont rêvait Jeanne-France, à la fois commando, grand conseil et comité d'éthique. Elle n'en avait pour l'instant que le nom, Société Monte-Cristo, connu d'elle seule. « Société » lui plaisait. « Monte-Cristo », c'était bien le moins. Cela posé, tout restait à faire. Combien de membres ? Comment les recruter, selon quels critères ? Comment leur parler de leur mission, comment la leur décrire ? Devraient-ils tout savoir de l'aventure enthousiasmante dans laquelle ils s'engageraient, ou seulement ce que Jeanne-France jugerait bon de leur en révéler ? (À l'intérieur de cette dernière question, une autre se trouvait enchâssée : dans l'hypothèse d'une transparence partielle, inégalement partagée entre les membres de la Société, les informations seraient-elles dispensées en fonction de grades, officiels ou occultes, sanctionnant les étapes d'une initiation graduelle et différentielle ?)

Les problèmes que Jeanne-France devait résoudre étaient ceux de toute société secrète, de toute entité cachée, de tout complot, qui toujours tendent à s'organiser en cercles concentriques de savoir et de pouvoir, avec cette particularité que ces cercles ne sont concentriques qu'en apparence, le centre se déplaçant insidieusement durant le trajet que font les affiliés des anneaux extérieurs vers le noyau ardent central, et l'initiation progressive dissimulant en réalité une suite d'ajustements, de remaniements et, en définitive, à y regarder de près, d'abjurations et de reniements, ainsi qu'on le constate en étudiant par exemple, pensait Jeanne-France, l'histoire du bolchevisme. On est ému par le malheur des pauvres gens et révolté par l'injustice. On s'engage, on adhère, on est pris en charge et bientôt grisé par la compréhension, acquise par de laborieuses lectures, des exposés didactiques et des abrégés doctrinaux, de l'anatomie de la société et du mouvement de l'Histoire. On milite, on se plie avec ferveur aux rudes nécessités de l'action collective, dont la médiocrité exige un prodigieux appauvrissement intellectuel et un rétrécissement moral calamiteux. Et, à la fin, on accepte et on assume tout, et, pour ne pas perdre le sens qu'on a donné à son existence, on bricole de regrettables compromis. Ou bien, si la malchance s'en est mêlée et qu'on est tombé du mauvais côté de l'Europe, on a peur des organes de sécurité, peur d'être arrêté au petit matin par des hommes silencieux et brutaux.

Le point épineux de l'ordonnancement d'une société secrète est que tout retour en arrière est interdit. Le processus d'affiliation ne ménage pas de moyen terme entre le progrès dans l'engagement et la chute dans la trahison ; et cette dernière a de terribles conséquences, qui frappent avec rigueur le traître allégué, en dépit de ses promesses de mutisme.

Et ça peut faire très mal.

Pour revenir à Odile, son histoire semblait dater d'une autre époque. Elle était orpheline. Elle n'avait pas voulu rester à charge de son oncle et de sa tante, dont elle comprenait que les affaires, à cet instant, allaient mal. (Elles se rétabliraient.) Bien que sa tante Gilberte l'ait encouragée à faire des études, qu'elle assurait pouvoir financer, Odile était entrée toute jeune, sans formation, sans qualification, dans la vie active. Après quelques tribulations, la voici à vingt ans employée dans un garage où elle faisait un peu tout, sauf bien sûr réparer des voitures. Elle constituait à elle seule la totalité de l'effectif salarié des bureaux, sur lesquels régnait avec efficacité la femme du garagiste. Cette dernière, qui s'ennuyait, quitta brusquement son mari pour suivre un client à

BMW. Les tâches d'Odile crûrent en proportion. Elle découvrit la gestion et, surtout, la comptabilité, dont les mécanismes la paniquèrent. Grâce aux conseils de sa tante, formée à la rude école des confectionneurs du Sentier et que rien n'effrayait, elle s'en dépêtra, y prit goût, se perfectionna. Elle suivit des cours, passa des examens. Le garage devint pour elle un terrain trop étroit, d'autant que le patron, qui s'était remis du départ de sa femme, commençait à la lorgner, à devenir pressant.

Elle avait vingt-trois ans. Elle choisit de partir et décrocha un poste chez Courage, au service comptable. Au cours des trente années qui suivirent, ses compétences, ses responsabilités et sa rémunération n'avaient cessé d'enfler. Jeanne-France l'avait très tôt protégée et encouragée, elle s'était appuyée sur elle et l'avait prise en amitié. Odile avait fait une belle carrière, elle avait reçu des parts du capital des sociétés, elle était maintenant très à l'aise.

Quand Jeanne-France Courage avait décidé, pour se consacrer exclusivement à la fondation, de s'éloigner de la chimie et des sociétés qu'elle animait et qui constituaient la galaxie Courage, elle ne doutait pas qu'Odile la suivrait. Or Odile regimba. Elle fit valoir qu'elle devait demeurer l'œil de Jeanne-France, son espionne, au sein de son ancien empire, dont elle était toujours une actionnaire de poids. Un peu désappointée par ce lâchage, mais charmée par ce dévouement, Jeanne-France négocia. Elle posa comme condition qu'Odile consacrerait un jour et demi par semaine à la fondation.

Odile accepta.

Elle conclut un accord identique avec les nouveaux dirigeants de Courage, entreprise qui portait désormais un nom plus propice au développement à l'international et ne risquant plus d'être confondu avec celui d'une bière anglaise. Ce nom avait été concocté par une agence spécialisée hors de prix, très réputée et très peu recommandable.

Odile avait désormais deux employeurs, chacun la payant pour un très gros mi-temps, alors qu'elle les carottait froidement et solidairement de deux jours par semaine.

Quelque temps plus tard, elle en fit l'aveu à Jeanne-France, qui la félicita pour son astuce, son seul regret étant de ne pas y avoir songé elle-même.

– Si tu veux bien, nous allons utiliser une partie du temps libre que tu t'es octroyé pour venger ta cousine Charlotte et faire payer à son regrettable ex-mari ce qu'il lui a fait endurer.

Odile n'était pas certaine de comprendre. Jeanne-France lui rappela que c'était elle-même qui avait estimé qu'il était anormal que Limousin s'en sortît un peu trop bien.

– As-tu lu *Le Comte de Monte-Cristo* ?

– C'est un roman, non ?

– Oui, c'est un peu romancé.

– Vous voulez que je le lise ?

Jeanne-France lui tendit son exemplaire (deux épais volumes en édition de poche). Il y avait ainsi quelques livres qu'elle s'arrangeait pour avoir à sa disposition presque partout où elle se trouvait, parfois jusque dans sa voiture.

Odile examina l'ouvrage avec réticence.

– C'est gros, dit-elle.

Il y a des gens que les romans ne tentent pas. Odile en faisait partie.

– Tu n'as pas besoin de le lire. Le héros du livre, résuma Jeanne-France, a eu affaire à plusieurs Thierry Limousin et s'est occupé d'eux comme il faut. Bref, il s'est vengé. Mon idée est de m'inspirer de son exemple, en tout cas dans l'esprit. Tu es partante ?

– Je veux ! dit Odile.

Jeanne-France eut la délicatesse de préciser :

– Il pourrait arriver que nous n'agissions pas entièrement dans le cadre de la loi.

Odile fronça les sourcils.

– Que nous fassions des choses illégales. Interdites.

– Ah ?

– Passibles des tribunaux.

– Ah ?

– Nous pourrions être arrêtées, jugées, mises en prison.

– Ah ?

– Normalement, si nous faisons attention, cela ne devrait pas se produire.

– Ah ?

– L'autre solution, c'est de laisser le mari de ta cousine s'en sortir.

– Pas question ! s'exclama Odile. Si on peut faire quelque chose, on le fait.

– Alors tu es toujours partante ?

– Je veux ! répéta Odile.

Elles se serrèrent la main.

La Société Monte-Cristo était lancée.

Diviser le monde en gentils et en méchants, en bourreaux (ou persécuteurs) et victimes, est sans nul doute réducteur et socialement pathogène. Il existe néanmoins de nombreuses situations où une telle partition est absolument pertinente. Dans l'affaire Limousin, au moment où nous voyons Jeanne-France Courage et Odile Klein sceller solennellement leur pacte, le doute n'est pas permis. Il est manifeste que seul le méchant a agi méchamment et que la gentille s'est laissé maltraiter, qu'elle a encaissé les coups, poussant la complaisance jusqu'à ne pas discerner la moindre violence. Il est évident que Thierry Limousin est une ordure.

Après leur poignée de main solennelle, Odile fut la première à reprendre la parole :

– Bon. Qu'est-ce qu'on fait ?

– On s'occupe de cette raclure de Thierry Limousin, claironna Jeanne-France.

– Pour que justice soit faite ! renchérit Odile.

Dans ce cas particulier, rectifia Jeanne-France, la justice devait prendre la forme non du jugement, mais du châtiment. Il ne s'agissait que de régler une question pratique d'application des peines : qu'allait-on lui infliger, et comment.

– Nous devons tirer de lui une vengeance éclatante, dit Jeanne-France.

– Faire un exemple ?

– Non, ou seulement pour nous-mêmes. Prendre date, créer un précédent significatif, aller au-delà de la réparation.

Fallait-il mettre Charlotte au courant ? Odile était perplexe. D'un côté, c'était bien elle, Charlotte, l'épouse, que l'on vengerait, c'était à elle que l'on donnerait satisfaction. De l'autre, elle montrait un tel aveuglement qu'on pouvait craindre qu'elle ne rejetât le bien-fondé de la vengeance, à plus forte raison de l'extrême rigueur que Jeanne-France, approuvée par Odile, entendait lui imprimer.

Car les deux femmes s'échauffaient.

– Ce qu'il a fait à ta cousine n'est rien comparé à ce qu'il va prendre ! s'exclama Jeanne-France.

– Oui ! s'écria Odile.

– Nous allons lui ôter tout ce qu'il a cru gagner par ses infamies !

– Oui !

– Il perdra tout ! Nous pourrirons sa réputation ! Nous serons sans pitié !

Dans ces conditions, Odile convint qu'il était impossible d'embarquer Charlotte dans l'entreprise. Mieux valait lui laisser la surprise.

Les réflexions de Jeanne-France avaient abouti à la même conclusion, qui était de tenir Charlotte à l'écart en s'autorisant des leçons du prof-de-philo-en-devenir Édouard. Selon lui, ou plutôt selon elle (selon lui selon elle), il était indispensable d'impersonnaliser au maximum la vengeance pour la rapprocher du bel idéal de justice de la Société Monte-Cristo et de son inspiratrice Haydée. Le refus d'impliquer Charlotte s'en déduisait.

Les choses allèrent bon train.

Il fallait :

1) faire payer Thierry Limousin, au sens le plus littéral : que cela lui coûtât de l'argent ;

2) ruiner la réputation professionnelle du bellâtre, laquelle était d'ailleurs usurpée ;

3) le contraindre à regagner piteusement cette France qu'il avait cru pouvoir mépriser et, privé de son prétendu métier, le laisser tomber dans une humiliante obscurité, choir et déchoir, en faire un paria ;

4) lui reprendre les deux filles et les rendre à leur mère dans l'état où elles auraient dû se trouver en la quittant : aimantes et affectueuses ;

5) ce qui supposait, pour qu'elle pût les accueillir, que Charlotte fût elle aussi bien vite remise en ordre de marche.

Le dernier point n'allait pas sans complication. Il supposait l'intervention d'un spécialiste, à savoir, disons-le tout net, d'un psychiatre meilleur que ceux auxquels on avait confié Charlotte depuis trop longtemps. Or, indépendamment de la diversité de leurs talents et de leurs compétences, on sait que les médecins, et parmi eux les psychiatres, ne sont pas tenus à une obligation de résultat, mais seulement de moyens. En d'autres termes, si étrange que cela paraisse, il est impossible de les forcer à guérir leurs patients. On doit se contenter d'exiger d'eux qu'ils se donnent du mal et fassent du mieux qu'ils peuvent, ce qui parfois se résume à presque rien.

Consciente de la difficulté, Jeanne-France imagina le moyen de la contourner.

Elle alla trouver le psychiatre initial de Charlotte, non celui de son enfance et de son adolescence, mais celui que son mari lui avait adroitement imposé, et en qui, on s'en souvient, le désir de s'exhiber à l'antenne avait affaibli, et pour ainsi dire annihilé, tout sens du devoir. Grâce aux renseignements qu'elle avait pris sur cet homme, elle en savait assez à son sujet.

Le praticien jouissait désormais d'une répugnante notoriété télévisuelle, de sorte qu'il est, ici encore, inutile de le nommer : tout le monde le connaît. Il n'avait pas trahi le serment d'Hippocrate en vain, mais à grand profit.

Quand il sut que Jeanne-France Courage voulait le rencontrer, un flot de salive envahit sa cavité buccale. C'était chez lui le signe d'un ravissement extrême. Jamais, au temps où il était un médecin scrupuleux mais inconnu, il n'avait imaginé que la puissante Fondation Courage, à la prodigalité légendaire, pût s'intéresser à lui. Tel était l'heureux prolongement de son éclat nouveau.

Il se demanda aussitôt quoi demander.

Dans quelles rigoles assoiffées (elles ne manquent pas dans le secteur de la santé publique) allait-il s'efforcer de faire couler le miel de la subvention ? Quelle position meilleure, quel surcroît de splendeur pourrait-il en tirer ?

– Savez-vous pourquoi je suis venue vous voir ? l'aborda tout de go Jeanne-France.

Le psy prit un air attentif et faraud.

– Vous avez traité une personne de la famille proche d'une de mes plus proches collaboratrices, ce qui revient presque à dire qu'elle appartient de fait à ma famille proche.

Un peu étourdi par cette accumulation de proximités, mais ne doutant pas que Jeanne-France faisait allusion à l'un de ses succès thérapeutiques, le psy cherchait fiévreusement de quel cas il pouvait bien être question.

– Je parle, bien entendu, dit Jeanne-France en le regardant dans les yeux, de Charlotte Limousin.

Le psy se taisait, et ce n'était pas par quelque déformation professionnelle issue du freudisme. L'agression de Jeanne-France lui avait coupé la chique.

– Le nom ne vous dit peut-être plus rien. Il est vrai que ce n'est pas le sien, mais celui de son mari. De son ex-mari. Que vous ne semblez pas connaître non plus.

– Elle n'a été ma patiente que très peu de temps. Je connaissais son mari. C'était délicat. Par déontologie, je ne pouvais pas la garder.

– Bah, fit Jeanne-France, la déontologie, ça va, ça vient, n'est-ce pas ?

L'emploi de ce mot par le psy l'avait rendue enragée.

– La règle que vous invoquez n'est pas déontologique, mais médicale, elle dépend des écoles de pensée. C'est un truc de psy. Elle est donc très relative.

C'était discutable, mais le moment n'était pas au débat.

– Charlotte Limousin. Vous lui avez fait du mal. Elle était fragile, elle n'était pas malade. Vous avez contribué à aggraver sa condition, d'abord comme agent direct, ensuite comme complice.

– J'ai essayé de la soigner.

– Foutaises ! Vous vouliez faire plaisir à son mari. Vous vous êtes mis à son service. Au service de ce minable. Puis vous l'avez laissé livrer sa femme aux soins incompétents de l'un de vos confrères que vous tenez ouvertement pour un incapable et un boucher.

Le psy examina Jeanne-France Courage. Elle est toquée, se dit-il. On aurait attendu de lui une autre finesse de diagnostic.

Qu'il pense ce qu'il veut, s'encouragea intérieurement Jeanne-France, qui avait surpris le regard clinique de son interlocuteur.

Elle était lancée.

– La loi est formelle. Complicité vaut crime. Le complice est passible des mêmes peines que le criminel principal. D'une jeune femme fragile, vous avez fait une malade abrutie de médicaments et de culpabilité.

– Vous racontez n'importe quoi.

– Vous vous rassurez en vous disant qu'aucune procédure n'est possible. N'en soyez pas si certain.

Jeanne-France laissa s'installer un très long silence, qui renforça le psy dans l'idée qu'elle était atteinte d'un déséquilibre mental.

– Ne sous-estimez pas ma puissance ni mon influence. Je me moque bien de vous traduire devant un tribunal. C'est par la presse que vous serez déchiqueté, par les médias que vous aimez tant. Sur mon ordre, le milieu médical se détournera de vous quand il comprendra que, sinon, cela mettra un terme aux subsides que lui verse ma fondation. Je vous fermerai les portes de toutes les institutions. Vous serez seul. Démuni. Banni. N'espérez pas m'échapper en fuyant à l'étranger. La fondation dont je suis la branche française est présente partout. Elle vous poursuivra où que vous soyez, excepté peut-être en Corée du Nord si jamais les dirigeants infects de ce malheureux pays veulent bien de vous.

Le psy tenta de se rassurer. Peut-être cette femme n'était-elle pas la vraie Jeanne-France Courage. Ou bien était-ce elle, mais en proie au délire. Il ne put cependant empêcher le pénible souvenir de sa complicité (c'était le mot de la vieille dame, et il était juste) dans la déchéance de Charlotte Limousin de remonter à sa mémoire.

– Êtes-vous simplement venue me menacer ? demanda-t-il.

– Vous n'êtes pas si bête. J'ai grande envie de vous réduire en pièces, mais je puis encore vous épargner. Je me suis informée aux meilleures sources. Vous êtes un excellent thérapeute. Guérissez-la, et nous serons quittes. Je passerai l'éponge.

– Ce n'est plus ma patiente. Vous le savez.

Mais, voyant que cet argument n'était pas recevable :

– Évidemment, elle peut le redevenir. Ce n'est pas si facile. Je peux contacter mon confrère si je suis mandaté par la famille, par exemple.

– Vous le serez. Vous direz que vous l'êtes et il vous croira.

– Très bien. Je vais m'occuper d'elle.

– Et la guérir.

– Vous savez bien que je ne peux pas m'y engager.

– Arrêtez de dire ce que je sais, car je ne sais rien de tel.

– Je ferai mon possible. Mieux que mon possible.

– Et cessez de me rompre les oreilles avec vos histoires de possibles. Ne croyez pas que votre célébrité (toute relative) vous protège. Elle vous rend plus vulnérable : vous n'aurez nulle part où vous cacher. Vous la guérirez, ou bien je vous détruirai.

– C'est absurde.

– Si elle est gravement malade, c'est parce qu'on l'a rendue gravement malade. *Vous* l'avez rendue gravement malade. Il faut que cela soit réversible. Sinon, vous êtes un criminel, et vous serez puni.

Jeanne-France se leva.

– Je vous donne six mois maximum. Au revoir, docteur. Vous trouverez dans cette enveloppe tout ce dont vous avez besoin. Ouvrez-la !

Il l'ouvrit. Elle contenait, outre un mémo anonyme mentionnant le nom du psychiatre qui soignait Charlotte et l'adresse de sa clinique, une brochure de la Fondation Courage, illustrée de photos de Jeanne-France dans l'exercice de ses fonctions, lors de colloques, de réceptions.

– Vous voyez, c'est bien moi.

Le psy, vexé d'avoir été deviné, laissait son regard aller des photos à la personne de Jeanne-France.

– Il va de soi que nous réglerons vos honoraires. Vous éviterez ainsi de finir la pièce en réclamant vos gages, vos gages, comme Sganarelle dans le *Dom Juan* de Molière.

Sur quoi, elle sortit.

Dans le récit qu'elle fit à Odile de cette entrevue, Jeanne-France étala avec une telle complaisance la déconfiture du psy qu'Odile aurait pu être tentée de plaindre le pauvre homme. Mais c'était Odile : elle battit des mains comme une enfant, exigea de Jeanne-France des détails, montrant toujours mieux la déroute et l'abaissement du médecin, dont l'humiliation la réjouissait.

– Il faudra un peu de temps pour que ta cousine guérisse, dit Jeanne-France. S'il parvient à la guérir.

– Et s'il n'y parvient pas ? demanda Odile d'un ton presque joyeux, tant l'enchantait l'idée de châtier durement le docteur.

– Il la guérira, affirma Jeanne-France.

Puis, avec un peu de sévérité :

– Pense à Charlotte. Le médecin n'est pas notre cible. Sa complicité est impardonnable, mais il n'a été que l'agent d'un dessein conçu par un autre.

Odile nota mentalement les deux mots *cible* et *impardonnable*, qu'elle se promit de retenir.

Thierry Limousin est la cible, se dit-elle.

Jeanne-France rappela les points 1 à 4 de la feuille de route, puisque le 5 (remettre Charlotte en état) venait d'être coché. Grâce au sens pratique aigu d'Odile, elles convinrent que la réalisation des points 1 (frapper Thierry Limousin au porte-monnaie), 3 (qu'il regagne piteusement la France) et 4 (que les filles retournent à leur mère) était conditionnée par le succès du 2 (pourrir sa situation new-yorkaise). C'était là-dessus qu'il fallait à présent se concentrer.

Onze ans avant sa rencontre avec Fredonnet, quand Truchard avait été nommé directeur, son ami d'enfance Pierre Lutzinger, ouvrier à l'usine, était venu le trouver pour lui dire qu'ils ne se verraient plus, du moins en amis.

– Je veux bien fréquenter un patron, mais pas le mien.

Pierre était militant syndical.

– C'est ce qui m'a fait hésiter à accepter le poste, répondit Truchard. J'étais sûr que tu me dirais ça.

Ils se donnèrent l'accolade et se séparèrent.

Dès la première réunion qui les mit face à face, l'un comme directeur, et l'autre comme représentant du personnel, Pierre fit une mise au point. Jean-Yves et Pierre, les amis de toujours, les copains de classe, ne se connaîtraient plus.

– Je ne t'appellerai plus Jeannot, mais monsieur le directeur, et je te dirai vous.

– Commençons la réunion, dit simplement Jean-Yves Truchard. Il se sentait malheureux et héroïque.

Une centaine de suppressions d'emplois passèrent là-dessus.

Quand il revint de Paris après son entrevue avec François Fredonnet, Jean-Yves Truchard téléphona à Pierre Lutzinger.

– Pierrot ? C'est Jeannot.

– Ne m'appelez pas Pierrot, monsieur Truchard, répondit Pierre.

– Il faut que je te parle.

– Les contacts secrets entre la direction et les représentants du personnel, très peu pour moi.

– Je ne te téléphone pas comme directeur.

Après quoi, Pierre Lutzinger fit pas mal de manières, mais ils finirent par se donner rendez-vous dans un endroit si retiré que personne n'a jamais su où.

– Cette fois, c'est certain, on est liquidé, l'usine ferme, tout le monde va se retrouver à la rue.

– Quand ?

– C'est une question de semaines.

– On ne se laissera pas faire, déclara Lutzinger, farouche.

– Ben voyons.

Il y eut un silence.

– Je vais faire venir quelqu'un de la direction de Paris à l'usine, dit Truchard.

Lutzinger ricana.

– Pas n'importe qui. Fredonnet en personne.

– Le président ? Pourquoi se déplacerait-il jusque dans ce trou ?

– J'ai mon idée.

– Et qu'est-ce que ça changera ? Il va nous passer de la pommade, il va sourire, il va mentir.

– C'est un homme qui ne sourit pas vraiment.

– Il se rattrape avec le mensonge. Tu vas donner de faux espoirs aux gars. Une fois de plus.

Lutzinger soupira.

– Y a rien à attendre de ton Fredonnet.

Jean-Yves, redevenu Jeannot, le regarda posément.

– Mais je n'attends rien. On le fait venir, et une fois qu'il est là… la séquestration.

(Une forme de lutte un peu oubliée, qui eut son heure de gloire.)

– On le coince, on l'enferme, on l'oblige à pisser dans des bouteilles d'eau minérale en plastique. La colère du peuple.

Le souffle exaltant de l'action directe balaya la pièce.

– Ça servira à quoi ? demanda Lutzinger.

– Et rien faire, ça sert à quelque chose ?

– Tu as raison, dit le responsable syndical. Autant se faire plaisir.

Ils passèrent l'heure suivante à réfléchir à la façon dont ils allaient s'y prendre. Ils étaient heureux. Ils se retrouvaient.

Truchard ne dit pas un mot à Lutzinger de ce que lui avait offert Fredonnet. La conduite du changement. La création loin d'ici de cette activité nouvelle. La direction de la nouvelle usine. Son salaire doublé. Un avenir.

Pour attirer Fredonnet dans le piège, Truchard comptait sur l'ancien président. Il avait dû le croiser deux fois dans sa vie, et jamais en tête à tête, avant de le revoir aux obsèques de l'homme qui avait joué un si grand rôle dans sa propre carrière en le plaçant à la tête de l'usine. C'était un lien entre eux. Près de la tombe, ils parlèrent de cet homme.

– L'estime qu'il vous portait compte beaucoup pour moi, avait confié l'ancien président à Jean-Yves Truchard. Je ne suis plus rien, disons plus grand-chose, mais si je puis vous être utile en quoi que ce soit, n'hésitez pas. Appelez-moi.

C'est ce que fit Truchard peu après sa conversation avec Lutzinger.

Leur rendez-vous eut lieu dans les salons d'un cercle parisien élégant dont les profonds fauteuils accueillaient de plus en plus souvent les somnolences de l'ancien président, qui n'avait plus de bureau et ne tenait pas à rester chez lui avec sa femme.

Sitôt accomplies les obligations de la civilité :

– L'usine va fermer, dit Truchard.

– Quand ?

– C'est une question de semaines.

Truchard comprit que l'ancien président n'était pas au courant. Il aurait dû le deviner. Qu'il ait accepté de le voir en était la preuve. Sinon, il se serait épargné une rencontre gênante pour l'un comme pour l'autre.

Le malheureux retraité gît désormais, se dit Truchard, sur le bas-côté des courants de pouvoir. Il regarde impuissant passer des trains qu'il ne prendra plus.

– Si c'est une décision de Fredonnet, vous comprenez bien que je ne puis rien y faire. C'est lui qui dirige, plus moi.

Truchard parut ne pas entendre cette mise au point. Il n'était pas venu demander qu'on l'aidât à combattre la décision de Fredonnet. Il louait au contraire ce dernier non pas de l'avoir prise, mais d'avoir patienté, pour la prendre, jusqu'à la disparition en mer du plaisancier déjà mentionné et qui se nommait René.

Bien entendu, cette déclaration de Truchard ne tenait pas debout. Fredonnet ne pouvait pas prévoir que le plaisancier allait mourir, et par conséquent n'avait pas eu l'occasion d'éprouver patience ou impatience, un événement qu'on n'attend pas ne pouvant susciter ni l'une ni l'autre. Le décès prématuré et maritime de René avait retranché quelques mois au pesant délai de décence que Fredonnet croyait devoir respecter avant de bazarder l'usine, c'est tout. Il n'avait jamais été question que la mort de René en fixât le terme, ou que la prolongation de son existence le retardât.

L'ancien président s'étonna que Truchard soutînt Fredonnet.

– Vous ne désapprouvez pas la fermeture de l'usine ?

– Personne ne peut nier que l'usine n'a plus sa place dans le groupe et, à vrai dire, vu ses piètres performances, nulle part en France non plus, ni en Europe.

– Vous n'allez pas vous y opposer ?

– Ce ne serait pas sérieux.

S'il n'est pas là pour me supplier de défendre sa putain d'usine décrépite, ce que d'ailleurs je n'aurais fait en aucun cas, même si Fredonnet avait décidé de sa fermeture avant la mort de ce pauvre René, ou que René encore vivant m'ait demandé de m'y opposer, si ce n'est que, René, pourtant si affectif, ne me l'aurait jamais demandé, je l'appelais le rêveur raisonnable, rêveur mais raisonnable, donc, si ce Truchard n'est pas là pour ça, que me veut-il ? J'ai eu grand tort de lui manifester tant de sympathie lors des obsèques. Je n'aimerais pas m'appeler Truchard, socialement c'est marqué, ça fait plouc. Que me veut-il ? Que me veut-il ? s'interrogeait l'ancien président dans un monologue intérieur décousu.

– Grâce à monsieur Fredonnet, dit Jean-Yves Truchard, j'ai pu rencontrer le cabinet qui va mettre en œuvre les mesures de reclassement et d'accompagnement envisagées pour le personnel, elles sont très satisfaisantes, monsieur Fredonnet a donné des instructions dans ce sens.

Il se souvint du mot qu'il fallait employer.

– Elles sont très généreuses, énonça-t-il en se forçant.

Fredonnet est malin, pensa l'ancien président. Il est prêt à payer pour éviter des vagues.

Il observa Truchard. Il était content que celui-ci ait désigné Fredonnet sous son nom, « monsieur Fredonnet », et non comme « le président », ce qui aurait fait à ses yeux un président de trop, Fredonnet a beau se pavaner, le président c'est encore moi, vingt-cinq ans à la tête de Minémé.

Généreuses à quel point ? se demanda-t-il. Il se promit de poser la question lors de la prochaine réunion du conseil d'administration, dont il était membre comme personnalité qualifiée. Il détenait une certaine quantité d'actions de Minémé, supérieure à celle qui était connue de tous en raison des obligations légales, mais inférieure, selon lui, à ce qu'il aurait dû recevoir comme auteur, oui, auteur, c'est mon œuvre, de la période récente la plus faste de l'histoire du groupe.

Il revint à Truchard et loua à haute voix Fredonnet de sa libéralité alors qu'en lui-même l'actionnaire et l'administrateur qu'il était soupçonnait une dépense inutile.

– Cette attention généreuse ne m'étonne pas de sa part, émit-il.

Mon cul ! pensa Truchard.

L'entretien se poursuivit. L'ancien président, soulagé mais curieux, voulut savoir ce que Truchard attendait de lui. Truchard évoqua le long compagnonnage entre l'usine et Minémé, les liens, l'affection.

– Le personnel, dit-il, je l'ai senti, on me l'a confirmé, je m'en suis assuré, c'est une demande générale, tous souhaiteraient exprimer leur reconnaissance, leur gratitude, à la fois pour le passé et pour cette conclusion pleine de délicatesse. Quelle magnifique surprise pour le personnel, quel plus tendre cadeau encore si vous veniez en personne prononcer quelques mots au cours de la cérémonie de clôture que nous organiserons !

Truchard proposait une grande réunion sur place, au cœur de l'usine, dans son plus bel atelier, pour l'occasion festonné, drapé, garni de calicots, où les conditions mirifiques faites aux travailleurs qui perdaient leur emploi leur seraient présentées dans une atmosphère de fête et de solennité joyeuse, de distribution des prix ou de remise des diplômes, par un représentant de Minémé.

L'ancien président crut d'abord à une blague. Ce n'en était pas une. C'était une mystification féroce.

Truchard ne doutait pas que l'ancien président avalerait ces énormités. Incrédule dans un premier temps, il se dirait ensuite que l'intention du personnel de l'usine était déconcertante, mais flatteuse, et enfin compréhensible, tant la grandeur, la bonté, l'excellence de Minémé la justifiaient. Les salariés, trop souvent oublieux des bienfaits patronaux et aveuglés par les dogmes de la lutte des classes, peuvent eux aussi avoir des moments de lucidité. (Aux soixante employés restants de l'usine, ne pourrait-on pas associer quelques-uns des cent licenciés précédents ? Et leurs familles ? se demanda l'ancien président.) Il s'attendrissait. Les ouvriers sont des enfants, ils ne savent pas toujours ce qui est bon pour eux, mais ce sont *nos* enfants, des enfants et, au fond, un peu des cons, seule explication de ce mouvement qui les portait, émus, vers ceux qui, somme toute, les mettaient à la rue.

Truchard suivait mentalement la progression de ce raisonnement dont il avait anticipé le déroulement. « Tu vas voir, avait-il confié à Lutzinger, il va trouver ça trop beau pour ne pas être vrai. »

La suite était tout aussi prévisible : l'ancien président renvoya Truchard à Fredonnet, en ajoutant, avec un petit geste coquet appelant une protestation :

– Minémé maintenant, c'est lui, ce n'est plus moi. C'est à lui qu'il faut le demander.

– Jamais je n'oserai.

– Il n'est pas si terrible.

– Vous pensez qu'il accepterait ?

– Pourquoi ne pas lui poser la question ? rétorqua l'ancien président, fidèle à l'habitude acquise pendant sa formation de grand dirigeant de répondre à toute question précise par une autre question, imprécise.

Et soulagé de s'en tirer à si bon compte, il conclut :

– Votre idée me plaît beaucoup, je peux la lui soumettre.

L'ancien président ne prit pas tout à fait rendez-vous avec François Fredonnet, préférant se présenter, pour ainsi dire, à l'improviste. Il allégua un déjeuner dans le quartier avec un neveu qui se trouvait lui aussi travailler chez Minémé, pourquoi ne pas en profiter pour venir courtoisement saluer son successeur ? Il interrogea la secrétaire de Fredonnet sur les disponibilités de son patron afin de caler son déjeuner en fonction d'elles. Quand la secrétaire lui eut répondu :

– Ah, très bien, dit-il, je vais essayer de fixer mon déjeuner ce jour-là et passerai ensuite en coup de vent saluer mon ami Fredonnet.

La secrétaire comprit que l'ancien président tenait fermement à cette rencontre.

Étienne Manadier fait une pause dans son récit.

– J'ai assisté à cette entrevue, déclare-t-il. J'étais là.

– Vous étiez présent quand l'ancien président a vu monsieur Fredonnet ? s'étonne Violette.

– Il souhaitait évidemment le voir en tête à tête. Or c'était justement ce que Freu-Freu ne voulait pas.

Étienne use pour la première fois de ce sobriquet de Freu-Freu, qui reproduit comiquement la répétition des deux mêmes consonnes initiales dans le nom et le prénom de l'intéressé.

– Il m'a demandé d'être dans son bureau quand l'autre arriverait et de m'y incruster en qualité de gêneur. Nous ferions semblant d'être en train de travailler. En réalité nous n'avons pas fait semblant, il en est incapable. Quand l'ancien président est arrivé, nous l'avions presque oublié. Freu-Freu s'est aussitôt repris, il m'a présenté. Mon jeune collaborateur Étienne Manadier, une excellente recrue, je l'ai dissuadé de préparer l'ENA en lui faisant croire qu'il apprendrait plus avec moi. L'autre m'a regardé, il avait la réputation de ne jamais oublier un visage et le nom qui va avec, comme un homme politique, un député dans sa circonscription, bonjour madame, comment va votre petit Kylian ? Il m'a serré la main avec cette tendresse, cette affabilité appuyée qu'on adresse aux électeurs et plus généralement aux inférieurs, et je me suis demandé pendant une seconde s'il n'allait pas me complimenter du succès de Kylian au brevet des collèges.

– Il me semble que nous nous connaissons déjà. Je vous ai aperçu aux obsèques de ce pauvre René.

– J'avais chargé Étienne de me représenter personnellement, dit Fredonnet, j'étais tellement désolé de ne pouvoir m'y rendre, je le connaissais trop peu, mais je sais à quel point, etc.

Violette, fascinée, écoute Étienne raconter la scène, mimant tous les rôles, y compris le sien, imitant les voix.

– Pourquoi ne voulait-il pas le voir seul à seul ?

– Il avait à juste titre supposé que l'autre allait lui demander quelque chose, et il voulait lui rendre, devant témoin, la chose plus désagréable.

– Il voulait l'empêcher de parler ?

– Pas du tout. C'était par pure malveillance, pure malignité, pour le mettre mal à l'aise.

Étienne poursuit son récit.

– Au fait, j'ai reçu la visite de Truchard, vous savez, le directeur de cette petite usine.

– Ah, ce bon Truchard, ricane Fredonnet. Il vous a demandé d'intercéder, de sauver son usine.

– C'est ce que j'ai d'abord cru, mais pas du tout. Il approuve la fermeture. Sans réserve. Il a même eu une idée qui au début m'a semblé étrange, et même étonnante, mais qui, à la réflexion, est touchante et d'une belle inspiration.

L'ancien président expose à François Fredonnet le projet truchardien de cérémonie de clôture. Fredonnet n'est d'abord pas moins interloqué que lui. L'ancien président argumente.

– C'est un renversement complet, presque une révolution. Au lieu de se battre contre l'inéluctable (c'est le nom de code des fermetures d'usines), au lieu d'entretenir la cruelle illusion d'un avenir possible, et qui n'aura pas lieu, pourquoi ne pas célébrer ce que le passé a apporté de bonheur et de prospérité ? Quand meurt un grand personnage, il est vrai qu'on le pleure, mais on ne songe pas à le ressusciter : on prononce son éloge, on célèbre sa grandeur et ses accomplissements, on se souvient de ce qu'il a fait pour nous et pour l'humanité, de tout ce qu'il nous a donné. Entre Minémé et cette pauvre vieille usine, l'histoire est belle, ce fut un long et doux compagnonnage, une union heureuse.

Violette est sidérée. Il a vraiment dit tout ça ?

– C'est assez verbeux, concède Étienne. Sans doute une tentative de brocarder sournoisement Fredonnet, dont la culture littéraire est pratiquement nulle, toutes sortes d'anecdotes circulent à ce sujet, les uns se gaussent de ses manques, les autres satirisent les efforts qu'il fait pour les dissimuler.

– On m'a dit qu'il était mélomane.

– Ouarf, s'esclaffe Étienne. Pourquoi pas cinéphile ? Puis : En fait, je n'en sais rien.

– Il aime peut-être Vivaldi, *Les Quatre Saisons*, se moque Violette. (Elle aime bien, elle aussi, *Les Quatre Saisons*, mais son appétit pour la musique ne se borne pas là.)

De façon inattendue, sauf pour Jean-Yves Truchard, François Fredonnet goba la cérémonie de clôture comme l'ancien président l'avait gobée. La concorde entre les classes, on a beau la savoir impossible, on en a tellement rêvé qu'on s'émerveille quand elle surgit, comme au spectacle d'un poulain qui vient de naître et qui se dresse, tremblant et décisif sous le soleil oblique.

François Fredonnet ne tiqua que lorsque l'ancien président rapporta que Truchard lui avait proposé de prendre la parole au nom de Minémé.

– Quelle drôle d'idée ! ne put s'empêcher de grommeler Fredonnet.

– Il me l'a proposé par défaut, parce qu'il n'osait pas vous le demander.

– Ah, ah. Je lui fais peur. Je ne me savais pas si effrayant.

– Vous êtes le président, lui ne dirige qu'une toute petite usine.

– Il n'a pas eu peur de vous, rétorqua perfidement Fredonnet.

– C'est que je ne suis plus rien. Que dois-je lui dire ?

– À Truchard ? Dites-lui que je vais y réfléchir.

– Ça veut dire que c'est non ?

– Ça veut dire que je vais y réfléchir, répéta-t-il.

Sitôt l'ancien président parti, Fredonnet appela sa secrétaire.

– Alors ? Ce neveu qui travaille ici ? On a pu savoir ?

– Pas encore. Mais on peut déjà rayer tous ceux qui ont déjeuné à la cantine.

– Je n'aime pas ce mot de cantine.

La secrétaire ne réagit pas. Une cantine est une cantine, la présenter comme un restaurant (« d'entreprise ») lui paraissait saugrenu.

– Il faut trouver le neveu, reprit Fredonnet. C'est un danger potentiel. Un espion, une bombe à retardement. Je veux savoir qui c'est.

Thierry Limousin était-il heureux à New York ? Il ne se posait pas la question, preuve qu'il l'était. Il gagnait ridiculement bien sa vie ; il habitait un bel appartement ; ne s'occupait guère de ses filles, laissées à l'entière charge de Judy ; et prenait le tout comme un dû. Il regardait Judy et la trouvait jolie, ou, pour mieux dire, décorative. Après leur installation sur la côte Est, elle avait cessé de travailler avec lui, participait à droite à gauche à d'autres productions et songeait à faire un bébé. Cet éloignement professionnel de la fille avait renforcé Thierry dans l'idée qu'il ne devait rien au père, tout au plus un coup de pouce initial et bienvenu, quoique peut-être superflu. Sans l'exprimer aussi ouvertement, il avait la conviction d'être intellectuellement très supérieur à Judy, en quoi il se trompait lourdement, comme il est fréquent chez les vaniteux.

Thierry Limousin caressait des ambitions, celle d'être riche et de ne se priver de rien, celle d'être un jour dans l'industrie audiovisuelle quelqu'un de vraiment important, au moins comparable au père de Judy, si ce n'est plus ; par quels moyens et par quelles voies, cela restait très flou.

Quand la campagne contre lui s'engagea, il ne se méfia pas. Il avait l'impression que l'une des jeunes comédiennes de sa série s'intéressait à lui et que, sans aller jusqu'à lui faire des avances, elle le lui faisait comprendre. La série mettait en scène des histoires de collège, établissement que, sans surprise, tous ses interprètes avaient largement passé l'âge de fréquenter. Certains n'avaient pas trop d'efforts à fournir pour être plausibles. Pour les autres, des heures de maquillage, une attention soutenue, des mimiques indéfiniment répétées étaient nécessaires. Mallory, celle dont Thierry imaginait qu'elle s'offrait à lui, appartenait à cette dernière catégorie. Son affiliation à l'espèce des adolescents ne sautait pas aux yeux. Écartelée entre les obligations de son rôle et son âge apparent, toute sa personne sonnait faux, ni ado authentique ni véritable femme, non plus un mélange des deux qui aurait pu avoir quelque chose d'excitant pour quelqu'un d'aussi médiocre et à l'imagination aussi pauvre que Thierry Limousin – la femme-enfant avec l'expérience d'une courtisane aguerrie et si possible de gros seins –, mais une autonégation perpétuelle, un double échec, une déception des deux côtés, une chimère, un assemblage bancal. Thierry, loin d'être flatté et éventuellement émoustillé par les signaux dragueurs supposés de la comédienne Mallory, en éprouvait de la répugnance et de la gêne.

La série retraçait, épisode après épisode, sans qu'on pût discerner la moindre progression dramatique, les rivalités mesquines et la concurrence impitoyable entre elles de quelques petites chipies. Tel était son thème, si le mot n'est pas trop fort. Certes pas très nouveau, il avait été modernisé en transformant ces bagarres de collégiennes en une compétition pour acquérir et conserver des superpouvoirs magiques dispensés de façon assez arbitraire par des puissances supérieures venues de l'au-delà ou d'une galaxie voisine. (Plutôt de l'au-delà, puisque la mort prématurée d'un ascendant, surtout de la mère, permettait apparemment de gagner des points.)

Il n'était jamais venu à l'esprit de Thierry de se pencher sur les dossiers personnels des comédiens. Quand la curiosité lui fit ouvrir enfin celui de Mallory, ce fut un choc. Sa date de naissance le stupéfia à tel point qu'il dut recommencer plusieurs fois le calcul. Bien loin d'être trentenaire, comme il le croyait, Mallory était l'une des rares dont l'âge approchait celui des personnages : elle avait à peine dix-huit ans.

Bien entendu, cette date de naissance, fournie par Mallory elle-même, était une grossière supercherie. Thierry Limousin en fut l'unique victime, mais il le fut puissamment. Mallory lui fit aussitôt de l'effet, ce qui illustre une fois de plus la prééminence des documents administratifs sur les perceptions sensibles, encore plus nette dans les pays à forte tradition étatique et bureaucratique comme le nôtre.

De chimère, Mallory était passée à phénomène. Quand Thierry l'apercevait, il la scrutait avec un mélange de stupeur et d'excitation ; il y avait là un mystère à percer, une énigme à résoudre, etc. Comment concilier l'âge apparent de Mallory et son âge réel ? La réponse, sauf pour Thierry, allait de soi : ils étaient identiques. Le seul écart se situait entre l'âge de la comédienne et l'âge du rôle, ce qui arrive très souvent au théâtre, un peu moins au cinéma et à la télévision.

Il la regarda différemment. Elle le remarqua. Les actrices sont sensibles au regard d'autrui, à plus forte raison quand autrui est le producteur de la série. Thierry se demandait comment l'âme d'une jeune fille s'accommodait d'être enfermée dans le corps et le visage d'une femme de dix ans plus âgée. Il était ahuri.

Tout cela n'aurait pu avoir aucune conséquence s'il n'y avait eu Arnaud.

Arnaud était un jeune Français vivant à New York. Quand Mallory l'avait rencontré, elle avait essayé de discriminer ce qu'il y avait en lui de français afin de déterminer si le charme qu'elle lui trouvait n'était pas une banale attirance pour l'exotisme. Pour cela, elle avait décidé de le comparer à Thierry, son producteur, lui aussi français : ce qu'ils auraient de commun serait français, ce qui les distinguerait serait propre à Arnaud. Quoique exempte de toute volonté de séduire, l'attention qu'elle avait portée dès lors à Thierry n'avait pas échappé à ce dernier.

En réalité, Arnaud avait délibérément dirigé Mallory vers Thierry Limousin. Il n'avait approché la jeune femme que dans ce but.

Entendez-vous le bruit du piège qui se referme ?

Un vendredi soir, alors que les studios s'étaient vidés avant le week-end, Mallory vint trouver Thierry dans son bureau. On lui avait rapporté, dit-elle, qu'il avait fait l'avant-veille une remarque à propos de son costume ou de celui d'un de ses partenaires ; à moins qu'il ne se fût agi de quelque autre grave futilité. Elle voulait clarifier la chose.

Elle entra, et la porte fut fermée.

La caméra de surveillance placée dans le couloir enregistra cette fermeture.

L'angle de prise de vue ne montrait évidemment rien de l'intérieur du bureau. Et si on voyait très bien la porte, impossible de savoir qui l'avait fermée. Thierry assurerait que c'était Mallory, laquelle jurerait que c'était lui.

Arnaud, grâce à Mallory, avait pu visiter le studio. Il avait vu le couloir, le bureau de Thierry, il avait vu la caméra de surveillance, il avait noté le sens de fermeture de la porte. Si quelqu'un la ferme, s'était-il dit dans le ravissement, on ne verra pas qui c'est.

Arnaud était gavé de fictions policières et rêvait d'en écrire. Il était sans cesse à l'affût de ce genre de détails, le couloir, la caméra, la porte, à partir desquels il bâtissait des intrigues complexes. C'est qu'il faisait partie de ces gens pour qui la complexité des intrigues est synonyme de leur qualité. Pour lui et ses semblables, pas de plus grand éloge à faire d'un roman ou d'un scénario que de louer sa « mécanique de précision ». On n'est pas étonné de trouver ici une porte, car les portes, bien que d'une mécanique rudimentaire, un battant, des gonds, tiennent une place essentielle dans la rhétorique des amateurs de mécanique de précision. Une histoire, pérorait ainsi Arnaud, ce sont des portes qu'on ouvre et des portes qu'on ferme. (Suite du raisonnement : on dessine ainsi des trajets, fausses pistes comprises, afin de contrôler le cheminement du lecteur ou l'attention du spectateur.) Arnaud pouvait développer ce thème rebattu pendant des heures, étalant les citations et mobilisant les grands auteurs, jusqu'à Franz Kafka, en particulier sa très courte nouvelle, *Devant la loi*, où l'on ne trouve pourtant qu'une seule porte, qu'un homme n'ose pas franchir et qu'un gardien défend, et qui se révèle à la fin être à usage unique, posée là uniquement pour que cet homme ne la franchisse pas – tous éléments qui affaiblissaient en vérité la démonstration d'Arnaud.

Quoi qu'il en soit, Arnaud avait prévu :

1) que la fermeture de la porte serait filmée ;

2) qu'on ne pourrait pas savoir par qui.

Mallory sortit du bureau un peu plus d'un quart d'heure après, le *time-code* au bas de l'écran en fait foi. L'enregistrement ne permet pas de savoir dans quel état elle se trouvait. De toute évidence, elle ne respire pas l'allégresse, mais ne montre pas non plus de signes d'abattement ou de désarroi. On la voit hésiter : prendre le couloir à gauche, ou à droite ? Finalement, elle se décide pour la droite, ce qui la fait s'éloigner de la caméra, de dos.

Thierry, lui, quitte le bureau une demi-heure après et s'engage à gauche dans le couloir, ce qui permet de scruter son visage. Il est inexpressif au possible. Cela autorise tous les soupçons.

Le lendemain n'étant pas jour ouvrable, la caméra continua de filmer imperturbablement le couloir vide, à l'exception d'un homme de ménage poussant son petit chariot de bureau en bureau. Il déclara plus tard n'avoir rien remarqué d'anormal dans celui de Thierry Limousin.

Le lundi matin, dès l'aube, une plainte pour viol fut déposée par l'avocate de Mallory. Cette dernière se remettait, sous surveillance médicale, de ce qu'elle avait subi. Déjà quelques organes de presse et plusieurs sites Internet relayaient cette plainte et commençaient à décortiquer l'affaire.

Thierry fut convoqué par la police ; ce n'était pas son seul souci : du fait de l'indisponibilité de Mallory, le tournage était interrompu.

Il va sans dire que les nouvelles en provenance de New York électrisaient Odile et Jeanne-France. On eût dit des joueuses de double au tennis après le gain d'un point particulièrement remarquable. Elles en étaient presque à se taper dans les mains. Les appels et les messages d'Arnaud étaient attendus avec impatience et commentés avec fièvre. Chaque station du calvaire de Thierry Limousin déclenchait des hourras.

Car c'était un calvaire.

Il était en train de tout perdre. Judy ne digérait pas les dénégations de son mari (puisqu'ils s'étaient mariés). Elle décida pourtant de garder le silence, ce qui valait solidarité, et de le balancer quand la tempête se calmerait, de le bouter alors hors de sa vie. Par chance, il n'avait encore rien résulté de ses tentatives de grossesse. Elle n'eut ainsi pas à choisir entre porter l'enfant d'un homme qu'elle allait quitter ou renoncer à le porter. Son père, de son côté, furieux du tort causé à sa fille et à la production, était résolu à se débarrasser de Thierry et à se montrer sans pitié envers lui ; à utiliser tout son pouvoir pour le chasser de l'industrie.

La procédure cependant suivait son cours dans le fracas des médias et des réseaux sociaux.

Thierry Limousin était devenu un paria.

Il était temps pour la Société Monte-Cristo de couronner son œuvre. Charlotte allait mieux, comme quoi un psychiatre honnêtement pressuré peut accomplir de grandes choses. Son équilibre mental recouvré, elle pouvait lancer une action en justice pour remettre en cause la décision du juge et récupérer la garde de ses filles. Vu la tournure des événements à New York et la situation de leur père, cela semblait possible. Odile lui suggéra d'engager la procédure *ad hoc* et offrit de lui trouver un avocat.

– Il y en a un, dit Charlotte, qui m'a proposé de m'aider gratuitement. Un ami de Thierry, que j'avais rencontré une ou deux fois au début de notre mariage. J'ai trouvé ça bizarre.

Cet avocat était celui que Limousin avait consulté en premier lieu, son copain de lycée. Odile décida d'aller le trouver et lui demanda la raison de l'étrange proposition qu'il avait faite à Charlotte. L'avocat raconta tout, comment Thierry, face à ses réticences, l'avait abandonné au profit d'un confrère moins scrupuleux.

– Je devine la stratégie qu'il a adoptée, mais pour en être sûr à 100 %, j'aurais besoin de voir le dossier.

– Vous le verrez, promit Odile. Et oubliez votre offre de gratuité.

– Elle est inspirée par le remords.

– Oubliez aussi le remords. Vous êtes avocat, et nous payons les gens.

Odile revint vers Charlotte, très satisfaite.

– L'avocat va s'occuper de toi, et il sera payé pour ça.

– Il ne le voulait pas.

– J'ai eu raison de sa résistance.

– Combien cela me coûtera-t-il ?

– À toi, rien. La fondation paiera.

– Pourquoi ? Cela n'a rien à voir avec son objet.

– Madame Courage est mieux placée que toi pour savoir comment sa fondation peut dépenser son argent. Tu es au courant de ce que ton mari a fait à New York, ajouta Odile avec gourmandise, en guise d'explication.

– Il dit qu'il n'a rien fait.

– Peu importe. Pour tes filles, ce n'est pas bon. Il les a mises au milieu d'un scandale sexuel public. Nous devons les protéger.

Selon les informations dont Odile disposait et dont elle faisait avec obligeance profiter sa cousine Charlotte, Judy demandait le divorce et Thierry avait perdu son travail. Il serait très vite à court de ressources. Dans ces conditions, discuter de ce qu'il avait vraiment fait ou pas était objectivement très secondaire.

Cependant, le fait que Charlotte ait pris la défense de Thierry ne laissait pas d'exaspérer Odile. Il dit qu'il n'a rien fait !

grondait-elle. Et quoi encore ? Après ce qu'il lui a fait, à elle ? Elle en parla à Jeanne-France, laquelle, par un singulier hasard, reçut au même moment un coup de téléphone du psychiatre qui avait remis Charlotte sur pied.

– Elle n'est peut-être pas encore tout à fait stabilisée. Il faudrait que je la revoie.

– Ah ? fit distraitement Jeanne-France.

Le psychiatre n'insista pas.

Derrière la porte close (par qui ?), que s'était-il passé entre Thierry et Mallory ? Il y avait évidemment deux versions. Celle de Mallory fut la première à paraître. Thierry lui opposa la sienne ; il se défendit. Dans ces affaires, ce n'est pas la meilleure place. L'accusation pèse lourd, s'en défendre a pour premier effet de lui donner de la consistance. Ce n'est pas très rationnel, c'est injuste, c'est inévitable. On peut donc être tenté de se taire, de traiter la chose par le mépris. La tactique est mauvaise. Quand l'affaire prend une tournure judiciaire, elle est même impraticable.

Mallory donnait force précisions, invérifiables mais évocatrices. Il s'est approché brutalement de moi, il avait un regard fou, il m'a poussée contre le mur et a commencé à me caresser les seins, les fesses, l'entrejambe, il parlait d'une voix rauque, il me disait des choses en français que je ne comprenais pas, il était tout rouge et avait le souffle court, je me suis débattue, il me faisait peur.

Thierry protesta, il ne s'était rien passé de tel, rien passé du tout.

– Nous avons parlé, seulement parlé.

– De quoi ?

– Je ne me souviens pas, je n'écoutais pas vraiment.

À sa décharge, faisons valoir qu'il n'écoutait en général personne, hommes, femmes et enfants confondus. Rien ne dit cependant qu'il n'avait pas cédé à la tentation. Fermer la porte, ou laisser Mallory la fermer, était idiot, et l'idiotie, dans une telle affaire, n'est pas plus une circonstance atténuante que ne l'est la concupiscence de la chair.

Comment savoir ? Qui mentait ? Mallory fut sans pitié. On comprendra mieux pourquoi quand on saura ce que lui avait raconté Arnaud. Comme elle lui disait un jour que Thierry avait l'air sympa (*he looks nice*), Arnaud avait si ostensiblement contenu son désaccord qu'il avait été impossible à Mallory de ne pas le remarquer.

Pressé par elle, Arnaud refusait de s'expliquer. Elle avait insisté.

– Je connais ce Thierry Limousin, avait-il lâché enfin avec gravité. Je suis un des seuls à savoir qui il est vraiment.

Après bien des embarras, il avait craché le morceau.

– Il a tenté de violer ma sœur quand elle avait douze ans. C'était au bord de la mer, en été.

S'en était suivie une description de La Baule, de la villa que louaient leurs parents, de la plage à perte de vue, du club de tennis.

À mesure qu'elle comprenait qu'un viol pour Arnaud, selon une définition restrictive datant du XIXe siècle, impliquait un rapport sexuel complet, avec pénétration, l'horreur de Mallory croissait. Arnaud s'était alarmé :

– Il ne faut surtout pas en parler, jamais, à personne.

De puissantes raisons familiales l'exigeaient. Sa petite sœur devenue grande avait surmonté l'affreux traumatisme, elle s'était mariée, avait eu un paquet d'enfants, était heureuse enfin, enfouissant dans le silence ce dont son mari, très Ancien Régime, n'aurait probablement pas supporté la révélation.

Mallory n'avait jamais posé ne serait-ce qu'un orteil en Europe. La France était pour elle une contrée ancienne, un pays de légende où régnait encore à Versailles une sorte de monarque. Le tableau qu'Arnaud lui dressait d'un univers de croyances médiévales et de mœurs féodales lui paraissait aussi stupéfiant que vraisemblable.

Arnaud exploita à fond son ignorance et sa crédulité, et plus encore sa sincérité. Il parvint à lui faire jurer le secret. Il se sentait délicieusement manipulateur, et en cela ne valait pas mieux que Thierry.

Ainsi galvanisée, Mallory mit toute son énergie à détruire le violeur récidiviste qu'était Thierry Limousin, selon les dires du fourbe Arnaud qui n'avait même pas de sœur.

Arnaud était un petit-neveu de Jeanne-France Courage, dont elle avait cru bon de faire son agent à Manhattan dans le dossier Limousin. Elle l'avait chargé des repérages, du recueil de premières informations. Nous avons vu qu'il était habile : il avait réussi à apprendre d'elle, à propos de Limousin, beaucoup plus qu'elle n'aurait dû lui révéler. Pour plaire à Tante Ja, ainsi qu'on l'appelait dans cette branche de la famille, il avait décidé d'outrepasser sa mission, non pas à l'insu de sa grand-tante, mais en la mettant constamment au courant de ses démarches et en n'engageant jamais rien qui n'eût son accord, qui ne fût, par elle, *greenlighté*, d'un mot qui les faisait rire l'un et l'autre. Séduite par son ardeur et son invention, Tante Ja lui avait fait confiance, ce qui était aussi dans sa nature et dans ses habitudes.

Elle aimait le petit Arnaud qu'elle avait fait, n'est-ce pas, sauter sur ses genoux et qui avait été un garçonnet déluré et charmant avant de devenir ce jeune homme dont les moyens d'existence restaient mystérieux.

Arnaud comptait, sans le dire, sur la fortune de Tante Ja pour assurer son avenir. Il se demandait comment il allait capitaliser les excellentes dispositions cultivées chez sa parente durant l'affaire Limousin. Il était certain d'y parvenir. Un petit gars bien débrouillard.

Quand Régis Tissier avait rapporté à Violette la conduite de François Fredonnet envers Étienne Manadier, il avait commenté :

– Il a vraiment voulu le démolir.

– Pourquoi cet acharnement ? Pourquoi cette haine ?

Ils en débattirent. Violette cherchait un mobile. Tissier s'y refusait.

– C'est un méchant homme. Tout simplement.

Une ordure, un salopard, un patron, pensa-t-il sans l'exprimer à haute voix par égard pour Violette.

– Ce n'est pas une explication, protesta Violette.

– Chercher des explications, c'est déjà chercher des excuses, lui rétorqua Tissier.

– Pourquoi en voudrait-il à Étienne ? C'est un homme qui dirige un empire industriel, il est écrasé de tâches et de responsabilités (ricanement de Tissier, qui ne croit pas à l'écrasement des patrons par leur prétendu fardeau), comment trouve-t-il le temps de tourmenter quelqu'un d'aussi insignifiant par rapport à lui ?

– Pourquoi pourquoi ? répéta Tissier.

– Il faut qu'Étienne lui ait fait quelque chose, lui ait causé du tort, médita Violette.

Tissier commençait à en avoir marre d'entendre la jeune femme appeler Manadier par son seul prénom d'Étienne.

– Si c'est, ou plutôt si c'était le cas, vous voyez bien que cela n'aurait pas été, de la part de Manadier, une atteinte volontaire. Il aimait et admirait Fredonnet. Il le vénérait. Il en était idolâtre.

– Étienne n'est pas idiot, il voyait bien les faiblesses et les limites de Fredonnet.

– S'il les voyait, il choisissait de les ignorer, à la manière de l'intellectuel parisien visitant l'Union soviétique de Staline ou la Chine de Mao.

Violette, bien que stupéfaite de cette allusion anachronique et inattendue de Régis Tissier à Roland Barthes et Philippe Sollers, ne céda pas. Elle voulait savoir. C'était sa mission. Pour condamner François Fredonnet, il fallait construire un dossier impeccable.

Quand Étienne Manadier avait déclaré à Violette, dans les premiers temps de leurs conversations, « J'aurais dû me venger de cet homme », elle l'avait naïvement rapporté à Jeanne-France et Paul Marquis. Elle ignorait alors qu'ils constituaient les deux tiers de la balbutiante Société Monte-Cristo et ne pouvait se douter de l'effet que produiraient ces mots.

Ils lui avaient demandé des précisions. Violette leur avait raconté Étienne. C'était prometteur, mais on ne pouvait se contenter des déclarations d'Étienne. On devait creuser, raccorder, vérifier.

– Il faudrait pour cela, déclara Violette, faire recouper et contrôler de façon indépendante les informations que me fournira Étienne.

– Vous avez raison, dit Marquis. C'est le bon sens même.

Violette leur fit approuver l'idée de louer les services d'un enquêteur privé, qui fut Régis Tissier, dont elle avait entendu parler par Bertrand, son ancien condisciple de l'école de commerce, fréquemment emberlificoté dans des dossiers de concurrence déloyale et de contrefaçon.

Paul Marquis émit un bon de commande à travers un ténébreux système de sociétés-écrans. Il y a donc, songea Violette, un budget pour toute cette étrange entreprise.

Les informations recueillies par Tissier fortifièrent les espérances de Jeanne-France et Paul Marquis.

Cela ne suffisait pas. Marquis fit comprendre à Violette, sans prononcer le doux mot de vengeance, qu'il s'agissait désormais d'une véritable procédure d'instruction, analogue à celle qu'aurait conduite un juge professionnel, mais en mieux : l'acte d'accusation de François Fredonnet.

– Fredonnet est un sale type, sa réputation est détestable. Il est tentant de le condamner d'avance. Il a probablement commis d'autres injustices.

– C'est presque une certitude, acquiesça gaiement Violette.

– Il a peut-être commis des crimes ! Mais nous ne voulons pas le savoir. Nous devons nous en tenir uniquement au cas de votre ami Manadier. Revoyez-le. Faites-le parler.

Violette ne demandait pas mieux.

De son côté, subtilement encouragé par Violette, Étienne ne se lassait plus d'évoquer Minémé. C'était sa seule véritable expérience professionnelle, le seul moment de sa vie d'adulte où, ni étudiant ni rejeton de la bourgeoisie, mais enfin salarié, il avait pris part au monde réel dont parlent les journaux, les séries et les chaînes d'info. La brève période où il était tout près de François Fredonnet, dans son ombre et dans sa lumière, continuait de luire dans son passé comme un soleil lointain, mais suppurait comme une plaie, ne cicatrisait pas.

Tout ce que nous connaissons aujourd'hui de la pénible histoire de la séquestration de François Fredonnet, nous le tenons ainsi à la fois de Violette, de son analyse et de sa mise en ordre des confidences d'Étienne Manadier ; des vérifications qu'elle a commandées à Régis Tissier ; de celles qu'elle a elle-même effectuées en consultant les archives des journaux ou en interrogeant des témoins, généralement par téléphone.

Quelques détails ont été ajoutés. Certains proviennent d'autres sources, certains ont été inventés.

Il est temps de raconter comment Paul Marquis est devenu le troisième affilié de la Société Monte-Cristo.

À la Fondation Courage, Marquis est directeur des opérations. C'est son titre officiel. Cette fonction le situe, dans la hiérarchie, en dessous du directeur général Pierre Giraudoux. En réalité, Marquis est, avec Jeanne-France Courage, le patron véritable de l'action concrète, positive, de la fondation, quand Giraudoux s'emploie principalement à des tâches de représentation, de protocole et de relations extérieures. Malgré son rang, Pierre Giraudoux a donc quelque chose de décoratif, d'accessoire, de marginal. Il en est parfois conscient et pas loin d'en souffrir.

Paul Marquis, au cœur de la machinerie effective de la fondation, n'a rien à prouver.

Nous pourrions faire son portrait. Hélas ! L'art si français du portrait littéraire, passant de la littérature à la télévision, s'est dégradé, ou pour mieux dire déshonoré : il s'est changé en *fiche personnage*. Nous nous dispenserons donc de la fiche personnage de Paul Marquis. Vous ne connaîtrez pas de lui toutes les informations indispensables que sont sa situation de famille, son milieu social d'origine, sa ville natale, ses études, ses diplômes, ses hobbies, ses amours, son profil astrologique, ses goûts culinaires, ses peintres préférés, sa playlist, les étapes marquantes de sa biographie, sa peur des insectes, son amitié pour son chien, son chat, ou son refus de tout animal domestique. Vous ne saurez pas à quoi il ressemble, la couleur de ses yeux, s'il est blond ou chauve. (Qui se souvient que Charles Swann est chauve ?) Notons cependant qu'il existe des scénaristes engoués, des scénaristes enragés de la fiche personnage. Il paraît par exemple que Jean Gruault, qui écrivit pour Jacques Rivette, François Truffaut, Alain Resnais, voulait tout savoir, c'est-à-dire tout inventer, de ses personnages, et constituait sur eux des dossiers complets analogues à ceux des services secrets sur leurs légendes (tout le monde sait maintenant de quoi il s'agit, et que c'est de légendes que sont tissées les couvertures), qu'il rangeait peut-être dans des classeurs suspendus. Au moins, cela ne l'empêchait pas d'être bon scénariste. Cela n'a pas eu plus d'influence sur la qualité de son travail que le port de babouches par Balzac n'en a eu sur *Illusions perdues*.

D'autres en furent plombés.

Un jour, poussé par le besoin d'exister, Pierre Giraudoux entreprit Paul Marquis.

– Je ne sais trop que faire de ce garçon, Arnaud.

Marquis n'avait jamais entendu parler d'Arnaud. Il pensa que Giraudoux lui tendait un piège.

– Arnaud ? Duquel parlez-vous ? Il y en a tellement, c'est une sorte d'infection générationnelle.

Statistiquement, Paul Marquis disait n'importe quoi. Le pic des Arnaud français se situe en 1974, et il est minuscule, à peine un monticule : Arnaud n'a jamais fait d'étincelles.

Giraudoux hésita. Marquis se moquait-il de lui ?

– Arnaud, répéta-t-il.

Marquis afficha l'air puissamment bovin du ruminant troublé dans sa rumination, qui n'en est pas indigné mais se demande au nom de quoi.

– Celui de New York, précisa Giraudoux. Vous savez bien. Madame Courage insiste pour qu'on lui trouve quelque chose à la fondation.

– À New York ? Non, je ne suis pas au courant. Comment ce truc a-t-il pu atterrir chez vous ?

– C'est son petit-neveu.

– Vous n'êtes absolument pas concerné ! Pourquoi vous embête-t-elle avec ça ? Vous avez tant d'autres choses à faire ! Faites-moi passer le dossier, je m'en occupe.

Giraudoux voulut protester. Marquis, inflexible, insista :

– Elle s'est trompée, n'allez pas vous compliquer la vie avec le petit-neveu.

Giraudoux céda.

Marquis trouva qu'il s'en était bien sorti. Ce n'était peut-être pas un piège. Il y avait quelque chose de pas clair, qui pouvait ne pas venir de Giraudoux. Il était évident que c'était à lui, Marquis, que Jeanne-France Courage aurait dû s'adresser. Pourquoi ne l'avait-elle pas fait ? L'avait-elle sciemment tenu à l'écart ?

Quand Paul Marquis reçoit de Giraudoux le dossier d'Arnaud, il constate qu'il est à peu près vide. Arnaud n'a aucune expérience professionnelle sérieuse et peu de titres à faire valoir. Or Jeanne-France Courage le recommande dans les termes les plus pressants. C'est inhabituel.

Paul Marquis doit se rendre en Amérique du Nord. Il passera par New York, où Arnaud espère un geste de la fondation car il ne doute pas que Tante Ja va le récompenser pour son action anti-Limousin. Elle le lui a laissé entendre. Une gratification ? Un cadeau somptueux ? Des honoraires ? Une mission ? Une embauche ?

Leur rencontre a lieu dans un appartement qu'Arnaud présente comme une colocation, alors qu'il n'a réussi à l'emprunter que pour quelques heures, comme Marquis le devine immédiatement : trop américain, trop féminin.

Marquis assure être chargé par « madame Courage » de trouver comment employer au mieux le jeune homme à la fondation.

– Dans le dossier qu'on m'a transmis, votre CV ne donne pas beaucoup de pistes.

Il sourit largement pour montrer à Arnaud que le vide intersidéral de son CV n'est en aucun cas un problème.

– Nous voudrions vous trouver quelque chose qui à la fois vous soit agréable et nous soit utile. Au moins un peu.

Toujours le sourire, le ton de la plaisanterie, de la connivence.

– Vous êtes, je crois, parent de madame Courage.

Arnaud confirme.

– Vous n'êtes pas son seul parent.

Arnaud confirme encore.

– La famille est nombreuse.

Marquis parle de la famille étendue, Henri et Jeanne-France Courage n'ayant eu qu'une fille, morte à dix-huit ans, ils ne s'en sont jamais remis. Si Arnaud l'a su, il l'a oublié. Un malheur qui a eu lieu bien avant sa naissance.

– Vous êtes le seul membre de sa famille, à ce jour, qu'elle ait recommandé.

Marquis considère Arnaud avec ce qui ressemble à de l'admiration. Celui-ci esquisse une courbette, une sorte de révérence pour marquer combien il est honoré d'être ainsi distingué par sa grand-tante.

– Si elle l'a fait, ce n'est pas pour votre parenté, mais pour vos mérites propres.

Marquis laisse un silence, avant de demander :

– Ces mérites, quels sont-ils ?

– Vous n'avez pas l'air de croire à leur existence.

– Je viens de vous dire le contraire. Je ne doute pas de leur existence mais je ne connais pas leur nature. Or c'est ce qui nous intéresse. Nous voulons vous offrir dans la fondation une place qui vous convienne et où vous pourrez donner le meilleur de vous-même.

– Je ne connais pas toutes les activités de la fondation de ma tante.

– Moi si, à peu près du moins. Plus vous m'en direz sur vous, plus intéressante sera la proposition que je pourrai vous faire.

– Je me suis occupé de Thierry Limousin.

Ce nom, pour Paul Marquis, n'évoque rien, sauf une belle région de France. Dans ce cas, ce devrait être « Thierry le Limousin », se dit-il. Non. Limousin est un nom de famille, comme il y a des gens qui s'appelle Picard, Bourguignon ou Lenormand.

– Ah. Limousin.

Arnaud commence à éprouver de la méfiance.

Marquis le sent.

– Ce n'était pas tout à fait un dossier de la fondation, n'est-ce pas ? Cela explique que je le connaisse mal. Ça n'est pas passé par moi, je n'y ai pas trop prêté attention. J'ai entendu dire que cela avait été un succès.

– Un triomphe ! renchérit Arnaud.

Quelle force va l'emporter chez Arnaud, de la prudence ou de la vantardise ? Une lutte féroce se livre dans l'esprit du jeune homme. Parlera ? Parlera pas ?

– Eh bien, dit Marquis, je vais devoir me renseigner. J'espère en savoir assez à mon prochain passage pour reprendre notre conversation.

Il se lève, s'apprête à prendre congé.

– Un dernier point tout de même. Vous voudriez rentrer en France ?

– Oh, pas tout de suite. Bon, il y a ce problème de logement, dit Arnaud qui depuis six mois dort à droite et à gauche.

– Je comprends. Ici, à Manhattan, la fondation a ce qu'il faut. Ou à Brooklyn, si vous préférez.

À l'idée de disposer d'un logement à Manhattan, Arnaud déjà se forge une félicité qui le fait baver de tendresse.

– Bon, je reviens dans cinq semaines, nous verrons à ce moment-là.

Arnaud le retient.

– Au fond, je peux très bien vous expliquer moi-même.

– Il faudra de toute façon que je vérifie.

– Vous allez voir, ce ne sera pas nécessaire.

Arnaud se met à raconter avec la fougue d'un artiste toqué de son ouvrage, et sans rien cacher, ses manœuvres pour précipiter la chute de Limousin, son rôle auprès de Mallory, etc.

Marquis l'écoute, bouche bée.

Dans les films policiers, songe-t-il, il faut des heures et des jours pour acculer le suspect à se mettre à table. Là, quelle rapidité, quelle obligeance ! C'est que ce jeune homme ne se voit pas en suspect, corrige-t-il, mais en héros. Tout de même, il ne voulait rien me dire, et je l'ai retourné.

– Vous permettez que je prenne quelques notes ?

Arnaud permet. Il devient quelqu'un dont les paroles sont actées. Parfois, quand il profère quelque exagération, quelque incongruité, il demande à Marquis de ne pas noter, comme s'il s'entretenait avec son biographe ou son exégète. Marquis s'exécute aussitôt. Il biffe ce qu'il a noté, flattant bassement l'artiste en cours d'érection de son propre monument. En vérité, il ne prend pas vraiment de notes. C'est inutile : toute leur conversation, depuis la première minute, est enregistrée sur son portable.

– Mais, finalement, que s'est-il passé entre votre amie Mallory et ce monsieur Limousin ?

– Je n'en sais rien, je n'étais pas dans le bureau. C'est ce qu'il y a de plus beau. J'ai demandé à Mallory de lui tendre un piège, il est tombé dedans à pieds joints. Il est très possible qu'il l'ait agressée. Elle est séduisante, il a pu croire qu'elle en avait envie. Ou bien, il n'y a rien eu du tout, ou presque rien, Mallory en a rajouté, elle a imaginé, ou même inventé. Que ce soit vrai ou faux n'a aucune importance. Le résultat est identique.

Il est ravi.

– Le plan d'une porte close filmé par une caméra de surveillance devient une accusation irréfutable ! Hitchcock est enfoncé !

Agressée ou pas, la comédienne Mallory ne se cache pas. Depuis sa sortie de la clinique, on l'a vue exposer dans des talk-shows sa toute neuve notoriété de victime. Son propos y est ferme, mais modéré. Elle n'accable ni Limousin, ni les hommes en général, ni le monde de la télévision. Elle en reste aux généralités. Elle parle d'elle, puisqu'elle ressemble à tout le monde et à n'importe qui et que tout le monde et n'importe qui peut se reconnaître en elle, s'identifier. Elle se raconte. Comment elle a fait de cette épreuve une occasion de grandir (à trente ans !), comment elle a surmonté le traumatisme. Elle est touchante, modeste, convaincante. On la croit. On sympathise. Son personnage de cruche a quitté la série pour un monde meilleur, avec l'aide des scénaristes et de la production. Elle a des projets, il est trop tôt pour en parler. Elle a confiance en l'avenir, on peut se relever. On l'a beaucoup aidée, elle a pu ressentir ce qu'est l'amour, l'affection, la solidarité. Elle y a gagné une connaissance nouvelle, et combien positive, des gens, de la nature humaine. Etc.

Dans sa chambre d'hôtel, Paul Marquis visionne tous ces bavardages en replay et dépouille les articles consacrés à l'affaire. Il estime que Mallory est sincère ; à sa façon ; son éventuel cynisme est sans malice. Ou alors, c'est qu'elle est super-forte. Cependant, il aimerait la rencontrer en face à face, maintenant qu'il se croit capable d'extorquer sans douleur des aveux à quiconque.

Il se heurte au sévère barrage de son agent. Comment le franchir ? Il contacte Sue, chargée au sein de la Fondation H&E d'un programme consacré, s'il a bien compris, à la parole des femmes. C'est peut-être un biais pour atteindre Mallory.

– Tu veux m'utiliser, ironise Sue.

Elle admet néanmoins que Mallory peut constituer, en raison de sa banalité, un bénéfice pour l'un de ses projets.

Le nom de H&E ouvre toutes les portes. Ils obtiennent une entrevue. Mallory, parce qu'il est français (elle en a soupé) et insinuant, se défie d'abord de Marquis. Sue rétablit la situation en lui promettant formellement que rien de ce qu'elle pourra dire ne remettra en question l'offre qu'elle est venue lui faire d'incarner un des programmes de H&E. Rassérénée, Mallory se livre.

Très vite après l'incident et sa révélation médiatique, le père de Judy Limousin l'a approchée.

– Savez-vous qui je suis ? lui a-t-il demandé.

Elle ne savait pas.

– Je suis votre véritable employeur. Celui qui vous paie. Je contrôle la société qui produit la série, et dont Thierry Limousin, *that French asshole*, était jusqu'à ce matin le responsable sans talent. Vous venez de me débarrasser de lui. Je tiens à vous en remercier. Vous me débarrassez aussi de lui sur le plan familial, car ma fille Judy l'a épousé en dépit de mes conseils paternels. De cela aussi, je vous remercie. Ma fille a engagé une procédure de divorce, que je vais suivre de très près. Je dois veiller à ce qu'elle ne soit pas éclaboussée par l'écho des débordements de son mari, car un écho peut éclabousser.

– Elle n'est pas responsable de sa conduite.

– Dire cela, c'est déjà laisser entendre qu'elle pourrait l'être. C'est ce que je veux éviter. Si vous le voulez bien, vous allez conclure un arrangement qui épargnera à Limousin des poursuites et un procès public, ce qui sera profitable à tous. Mon avocat fait ça très bien. C'est un des meilleurs du coin, c'est-à-dire de la côte Est. Parlons de votre avenir à présent. Vous ne pouvez pas rester dans la série, nous allons arranger ça. Nous allons vous mitonner (horrible métaphore cuisinière) un projet sur mesure, mes scénaristes sont déjà dessus. Vous aimez la Californie ?

Sue et Marquis écoutent ce récit sans en être étonnés. Les premières rumeurs du projet sur mesure ont commencé à se répandre. Mallory leur en dit un peu plus. Il s'agit d'une série dont elle serait l'héroïne, une femme qui surmonte des malheurs en se dévouant pour d'autres malheureuses : rien de contraire à la charte féministe de H&E.

Après la rencontre, Sue s'étonne. Elle s'était attendue à ce que Paul voulût connaître la vérité sur les faits.

– C'est-à-dire ?

– Ce qu'a fait Limousin. Ce qui s'est passé derrière la porte.

– Il paraît que ce n'est pas important. Et puis Mallory a tout raconté, de manière très libre, dans ses interviews.

– Pas de sarcasmes ! proteste Sue en riant.

Ils se regardent. Ils n'ont pas envie de se séparer, de partir dans des directions différentes.

– *Are you gay ?* demande Sue.

Il dit que non.

– *Are you married ?*

– Je l'ai été, répond-il avec une nuance de regret dont on ne sait s'il porte sur le mariage ou sa dissolution.

Bien qu'il soit sentimental, Paul décide de donner suite à la proposition implicite que contiennent les questions de Sue. Il n'est pas marié, et elle non plus. Ils peuvent faire ce qu'il leur plaît.

Ils le feront dans la soirée.

Dès son retour à Paris, Marquis se renseigna sur Thierry Limousin et découvrit que son ex-femme, Charlotte, était la cousine germaine d'Odile Klein, elle-même plus que proche de Jeanne-France Courage.

Il prit aussitôt rendez-vous avec cette dernière.

– Vous me demandez des rendez-vous, maintenant ? remarqua Jeanne-France en l'accueillant dans son bureau.

Elle n'a pas tort de persifler : Marquis et elle se voient tous les jours en tête à tête ou au cours d'innombrables réunions.

– Il s'agit d'un sujet à part. Cela concerne votre petit-neveu Arnaud.

– Giraudoux vous en a parlé. Il a bien fait.

– Vous voulez le placer. Cela ne vous ressemble pas. Vous vous êtes toujours félicitée de tenir votre famille à l'écart de vos affaires, puis de la fondation.

– Faire partie de ma famille n'est pas forcément un défaut. Arnaud m'a donné la preuve de ses capacités.

– Il a ourdi une machination contre un certain Thierry Limousin.

– Puisque vous connaissez l'affaire, vous savez aussi que Limousin n'a été victime que de lui-même.

– Au nom de quoi la fondation s'est-elle déchaînée contre lui ? Comment se fait-il que, en tant que directeur des opérations, je n'en ai rien su ?

– Vous voulez me jeter votre démission à la figure ?

Marquis la regarda avec froideur.

– La fondation n'est pas impliquée dans cette affaire, déclara Jeanne-France.

Cet argument, recevable pour peu que l'on connaisse l'existence de la Société Monte-Cristo, Paul Marquis le démolit sans peine.

– Je comprends. La fondation va rétribuer votre petit-neveu pour ce qu'il n'a pas fait pour elle, ironisa-t-il. Arrêtez. Je sais qui est Thierry Limousin. C'est l'ancien mari de Charlotte, la cousine d'Odile, votre amie et collaboratrice de toujours.

– Il a divorcé d'elle de façon ignoble.

– Beaucoup de divorces se passent très mal.

– Il y a des limites à ne pas franchir, trancha Jeanne-France.

Elle lui rapporta les crimes de Limousin, Charlotte rendue folle, hospitalisée, séparée de ses filles, abandonnée sans même le versement d'une pension.

– Il ne s'est pas bien conduit, reconnaît Marquis.

– Voilà. Maintenant, il en subit les conséquences.

– Votre petit-neveu ne s'est pas mieux conduit. Il s'est servi de Mallory.

– Qui est Mallory ?

– La comédienne qui a accusé Limousin de viol.

– Elle a été courageuse.

– Arnaud lui a menti. Limousin n'est jamais allé à La Baule. J'ai vérifié. J'ai eu le père de Limousin au téléphone, une sorte d'antiquaire de campagne.

– Un brocanteur. Sans doute un escroc, si l'on en juge par l'éducation qu'il a donnée à son fils.

– La famille Limousin ne fréquentait pas La Baule. Elle louait tous les étés une maison au Lavandou, c'est à l'opposé.

– Ne m'infligez pas vos leçons de géographie.

– Ralph Limousin croyait La Baule voisine de Saint-Malo.

– Décidément, vous avez une carte Michelin dans le cerveau. J'oubliais, on n'utilise plus de cartes.

– Votre petit-neveu a prétendu que Limousin adolescent avait sexuellement agressé une fillette à La Baule.

– Il a dû confondre. Ses parents avaient une villa à La Baule, autant que je me souvienne, avec dans le jardin ces buissons de grosses fleurs dont je n'arrive jamais à me rappeler le nom, vous voyez ce que je veux dire ?

Marquis ne se laissa pas abuser par cette tentative de diversion botanique.

– C'est le mensonge d'Arnaud qui a décidé Mallory à accuser Limousin.

– En effet, c'était motivant.

– Arnaud a soutenu que la fillette agressée par Limousin était sa propre petite sœur.

– Non. C'est impossible.

– Vous ne me croyez pas ? Je le tiens de Mallory elle-même.

– Comment pourrais-je vous croire ? Arnaud est enfant unique, il n'a pas de petite sœur.

Il y eut un moment de confusion, d'autres éclaircissements. Jeanne-France fut enfin contrainte de s'expliquer.

– Nous ne pouvions laisser Thierry Limousin impuni. Nous avons fait notre devoir de justice.

Pressée par Marquis, elle avoua tout. Le fonds créé par Haydée, la société entre Odile et elle, le nom de Monte-Cristo.

– Vous prônez donc une justice privée.

– Une justice privée est préférable à un déni de justice. D'ailleurs, ne confondez pas justice privée et vengeance personnelle. Ce sont deux notions distinctes.

Elle lui servit ce qu'elle avait retenu, ou plutôt déformé, de l'enseignement du normalien philosophe Édouard, fils de Béatrice-du-golf.

Maintenant que Marquis savait, elle ne pouvait que lui proposer de se joindre à la Société Monte-Cristo. Il accepta. Son objectif n'était pas tant de participer à l'élan altruiste de Jeanne-France que de limiter les dégâts : des mesures de sécurité plus rigoureuses, une clandestinité mieux assumée, le cryptage des échanges. Il fallait protéger la fondation. À cet égard, le choix de Limousin, lié pour ainsi dire familialement à Jeanne-France, était critiquable.

– Il nous faut, énonça-t-il, des causes plus lointaines.

Quelques mois plus tard, en fournissant Étienne Manadier, Violette exaucera ce vœu.

Quant à Arnaud, longtemps il rêvera de rencontrer Charlotte Limousin, née Meyersohn, cette femme pour qui tant de gens s'étaient dévoués. Elle doit avoir, se disait-il, des qualités spéciales. Il n'en aura pas l'occasion. Bien que copieusement dédommagé de ses efforts, il restera à l'écart de la fondation.

– Vous êtes trop habile pour être tout à fait fréquentable, lui dira Marquis, mais votre tante vous aime bien.

La nuit est bien avancée. Étienne parle.

– Je n'ai pas compris ce qui plaisait tant à Fredonnet dans cette histoire de fête de fermeture de l'usine, dit Étienne. Lui toujours méfiant, il ne se méfiait pas. Il jugeait raisonnable que des employés virés préparent une fête pour honorer un président aux yeux de qui, littéralement, ils comptaient pour du beurre. Moi, je trouvais ça suspect. Il m'a demandé de prendre contact avec Truchard, non pas pour lui annoncer sa venue, mais pour se renseigner. J'ai appelé Truchard. Comment était-il passé si vite du sauvetage de l'usine à la célébration de sa fermeture ? Je lui ai posé la question. Il m'a répondu des bêtises, j'ai réfléchi, il n'y a que les imbéciles qui ne changent pas d'avis. Ce que j'entendais dans sa voix, pour ma part, c'était une rage terrible qu'il avait du mal à contenir.

– Vous en avez parlé à monsieur Fredonnet ?

– De la rage de Truchard ? J'ai essayé. Il ne m'a pas cru. Truchard avait reconnu que quelques-uns des employés de l'usine étaient très hostiles au pot d'adieu. Ceux-là, m'avait-il assuré, nous les tiendrons à l'écart. Il m'avait chargé de le dire au président. Cette ficelle grossière a rassuré Fredonnet. Il y a vu la preuve que Truchard était un malin.

Violette et Étienne pensent en même temps : oui, c'est vrai, Truchard est un malin. Ils se regardent, heureux d'être d'accord, en souriant comme pour s'en féliciter mutuellement. Ensuite, ils ne savent plus trop pourquoi ils se regardent en souriant et ils se taisent.

François Fredonnet put vérifier, quand il fallut s'y rendre, que l'usine était décidément implantée dans un endroit impossible, à plus de quatre-vingts kilomètres d'une gare correcte. Il prendrait le TGV, Étienne et son chauffeur le précéderaient en voiture, le récupéreraient à la gare, et ils feraient ensemble la fin du trajet. La raison de cet arrangement ? Fredonnet ne voulait pas prendre un taxi, ni que son chauffeur fît seul, depuis Paris, tous ces kilomètres ennuyeux. C'est idiot. Un chauffeur est payé pour conduire, qu'il transporte ou non des passagers. Ajoutons que ce chauffeur particulier préférait de loin la solitude ou la compagnie d'Étienne à celle de Fredonnet.

Sur le chemin de la gare à l'usine, Fredonnet se montra, dans la grosse Citroën (industrie française), d'excellente humeur. Il était enchanté de cette escapade. Tout était calculé pour arriver à l'heure où il devait prendre la parole. Il ne se voyait pas attendre, comme un spectateur en avance au théâtre, que commence la représentation. Je descends de voiture, et hop ! pas de salamalecs, j'entre en scène.

– Avez-vous lu *Les Liaisons dangereuses* ? demande-t-il soudain à Étienne. Et, sans attendre la réponse : Ah ! Laclos ! J'adore Laclos. (Comme si qui que ce soit, excepté quelques universitaires, lisait de Laclos autre chose que *Les Liaisons*.) Vous souvenez-vous de l'épisode où le vicomte de Valmont vient secourir des malheureux dont on va saisir les meubles ?

Étienne s'en souvient parfaitement, mais il ne veut pas gâcher le plaisir d'un président en veine d'exhiber sa culture.

– Je l'ai lu il y a bien longtemps, dit-il avec assez de fausse hésitation pour que Fredonnet croie qu'il ment, ou bien qu'il en a tout oublié.

Le président se lance :

– Valmont veut séduire Mme de Tourvel qui est une jeune femme pieuse et prude. C'est très ambitieux de la part de Valmont. Elle se défie de lui en raison de sa réputation de débauche, qui n'est pas qu'une réputation, ah, ah. Il a su qu'elle le faisait épier par un de ses domestiques durant ses longues promenades dans la campagne environnante. Il va s'en servir. (Ma parole, se dit le chauffeur, il a révisé dans le train.) Vérifiant qu'il est bien suivi par le domestique de Mme de Tourvel, Valmont fait semblant de passer par hasard devant la maison de pauvres gens sur le point d'être saisis et que son propre valet a repérés. Il s'enquiert, apprend qu'ils vont être réduits à la misère et au désespoir par la rapacité du fisc. Il s'étonne, il compatit. Il sort sa bourse et paie le collecteur d'impôts de la totalité de la somme due. On tombe à ses genoux, on se prosterne, on verse des larmes. Il n'a pas l'habitude de la bienfaisance, il ne s'attendait pas à ces manifestations de gratitude. Du coup, il est touché, lui aussi. Il ne pensait pas que l'on éprouvait une telle émotion à faire le bien. Il a alors cette phrase extraordinaire, elle m'a tellement marqué que je la sais encore par cœur : « Les gens vertueux n'ont pas tant de mérite qu'on se plaît à nous le dire. » Pourquoi pas tant de mérite ? Parce qu'ils y prennent plaisir, un plaisir caché, un plaisir inavouable.

Fredonnet rit de contentement. C'est la grande forme, songe le chauffeur.

– Vous avez une mémoire étonnante, dit Étienne, flagorneur, qui pense avec une paisible douceur que Fredonnet ne sait cela, avec effort, que depuis l'avant-veille. Où donc l'a-t-il pêché ?

– Aujourd'hui, je vais faire le bien, déclare gaiement Fredonnet, je serai un de ces hommes vertueux qui n'ont pas tant de mérite qu'on se plaît à le dire.

Il sent que cette dernière saillie appelle des éclaircissements.

– À la différence de Valmont, je combine rigueur et vertu. Je ferme une usine que la rationalité condamne et j'œuvre à la concorde sociale. Gagnant-gagnant !

En dépit de son inféodation aux manigances de Fredonnet et aux intérêts de la grande industrie, Étienne ne voit pas le lien entre concorde sociale et licenciement collectif. Il se garde d'en faire état. Une partie de son métier consiste à approuver le président.

Arrivés à l'usine, ils n'entrent pas par la porte principale mais par un accès secondaire où Jean-Yves Truchard les attend. Quand ils pénètrent dans l'atelier où doivent se dérouler les festivités, ils ont la surprise d'y trouver non pas la soixantaine de licenciés prévue, mais une masse de deux ou trois cents personnes. Une tribune a été aménagée. En revanche, pas la moindre décoration, rien des calicots attendus, ni fleurs ni drapeaux.

Jean-Yves Truchard monte à la tribune avec François Fredonnet et le présente.

– Monsieur François Fredonnet, président du Consortium des minerais et des métaux, notre actionnaire, nous fait aujourd'hui le grand honneur d'être parmi nous.

Il se tourne vers Fredonnet pour lui céder la parole.

Tout cela se déroule dans le plus grand silence. Il est vrai que les quelques mots de Truchard n'appellent guère d'applaudissements. De là à n'en entendre aucun, ni un murmure ni un raclement de pieds ! La salle entière s'est comme figée à l'entrée de François Fredonnet.

Étienne s'adresse à voix basse au chauffeur, resté avec lui au bas de la tribune.

– Retournez à la voiture sans vous faire voir et prenez le large. Il y a quelque chose que je n'aime pas. Il ne faudrait pas que nous soyons coincés là tous les trois si ça devait mal se passer. J'ai votre numéro de portable, je vous appellerai ou je vous enverrai un texto.

Il n'est pas dans les attributions d'Étienne de donner des ordres au chauffeur, ni dans celles du chauffeur d'en accepter d'Étienne. Il lui obéit cependant, car il partage le sentiment du jeune homme, il est inquiet lui aussi. Il s'esquive furtivement.

De la tribune, Fredonnet contemple la foule qui lui fait face, immobile et muette, comme pour en prendre la mesure, comme on jauge un adversaire avant le combat, se dit-il dans une métaphore dont il ne pressent pas à quel point elle est appropriée. Le regard de Valmont sur la présidente de Tourvel, avec toute la souveraineté du vrai libertin.

– Mes amis, commence-t-il.

Il marque une pause, dont il sait que, pour être perçue par l'auditoire, elle doit lui sembler, à lui, n'en pas finir. Il y a loin de la sensation de l'artiste, de l'interprète, à l'effet produit sur son public. Dans un documentaire qu'il a vu, un grand violoniste expliquait à un élève de sa master class : si ce que tu entends sortir de ton violon est joli, c'est que tu ne joues pas comme il faut. Ce qui sort de ton violon doit te paraître affreux. (Exagération d'artiste.)

– Mes amis, reprend Fredonnet.

Le silence de la salle est de plus en plus épais. François Fredonnet observe la foule. Il ne veut pas tourner la tête, il ne veut pas se détourner d'elle, bien qu'il sente, au bord de son champ de vision, un mouvement subreptice, qui est, il le saura plus tard, celui de son chauffeur qui s'esquive.

Comme il s'apprête enfin à poursuivre, une voix forte s'élève.

– Tu n'as pas d'amis ici, Fredonnet.

Il y a un brouhaha, une rumeur d'approbation, d'autres voix qui renchérissent.

Fredonnet fronce les sourcils. Une pomme pourrie vole dans sa direction.

Il est l'unique cible. Truchard s'est mis à l'abri pour laisser monter le chahut. Il y a quelques autres projectiles, dont aucun n'atteint Fredonnet, qui ne tente pourtant pas de les éviter. Cette posture héroïque démontre sans nul doute qu'il a reconnu qu'il s'agissait de pommes, il n'aurait pas la même impavidité, toute lacédémonienne, face à des pavés, des boulons, des cailloux. Néanmoins, il fait impression, on ne sait laquelle, est-il fier, truqueur, vaniteux ? Sur lui pleuvent les invectives. Ça dégénère, constate Pierre Lutzinger avec satisfaction, et il se met à scander :

– Non aux licenciements, non à la fermeture, non au démantèlement, non, non, non !

En même temps que ces slogans résonnent, quelques pommes jaillissent encore de l'assistance, sans davantage effleurer l'orateur interrompu. (Ils visent mal, mais ils en ont des provisions.)

Jean-Yves Truchard s'avance et, d'un ample geste du bras, apaise les cris et les jets de fruits avariés.

– Monsieur Fredonnet est venu pour dialoguer, écoutons-le.

Un « à poil ! » digne des repas de noces suscite des rires, qui couvrent la réaction de Fredonnet, lequel n'a pu se retenir de lâcher : « Dialoguer ? Ah, mais non, qu'est-ce que c'est que cette histoire ? » Par bonheur, nul n'entend cette réaction révoltante.

Pierre Lutzinger appuie l'intervention de Jean-Yves, que dans le privé il a recommencé à appeler Jeannot.

– C'est ça, écoutons ce qu'il a à nous dire, répète-t-il après son compère.

François Fredonnet va-t-il reprendre la parole ? Il hésite, puis :

– Je pense qu'il y a un malentendu.

Il n'a pas réitéré l'adresse initiale (« Mes amis ») qui lui a donné tant de mal lors de la préparation de son discours. Comment commencer ? s'est-il inlassablement demandé depuis qu'il a accepté de participer à ce qui s'annonçait comme une fête de l'amitié. Eh bien, par l'amitié, précisément ! Un temps, il a pensé à : « Mes chers amis ». Mais si le texte est imprimé dans une des publications de Minémé ou posté sur le site du groupe, il faudra sans doute utiliser l'écriture inclusive, conformément aux directives (certes modérées) de la direction de la communication. Cela fera alors beaucoup de parenthèses, ou de points au milieu de la ligne, ou de traits d'union, enfin tous ces machins de l'écriture inclusive. Ce sera moche. On aura l'impression d'un tract gauchiste. Tandis que « mes ami(e)s », ça passe, a-t-il conclu.

Pragmatisme.

– Comment pouvez-vous connaître tout cela ? demande Violette.

– J'y étais, dit Étienne. Tout le temps. Ce discours, le président l'avait longuement préparé, longuement médité, je n'ignorais rien de toutes les questions qu'il s'était posées sur la façon de le commencer. Il me l'avait lu plusieurs fois, sollicitant mon avis, dont il prétendait faire grand cas.

Violette est incrédule.

– Empêché, poursuit Étienne, de prononcer ce qui est peu à peu devenu à ses yeux un chef-d'œuvre de l'art oratoire, Fredonnet se trouve dans la situation d'un dirigeant au discours rentré. Ce qu'il appelle malentendu, c'est en vérité une grande douleur. Il souffre. Il souffre de devoir rengainer son speech.

– Il est sur le point d'être violenté par le prolétariat et c'est à cela qu'il pense ?

– Bien sûr, dit Étienne.

L'idée de malentendu proférée par Fredonnet soulève des protestations.

Nous savons qu'il n'est pas toujours avisé, face à une assemblée moqueuse et peut-être hostile, de tendre si l'on peut dire la perche d'une rime en *u*. Le personnel réuni ne tombe pas dans le piège.

– Qu'est-ce que t'as mal entendu, Fredonnet ? lance-t-on au lieu de poil au cul.

– Ou bien vous me laissez parler, ou bien je m'en vais, répond celui-ci avec fermeté.

On le laisse parler. Pas question qu'il s'en aille.

– Il s'imagine qu'on va le laisser partir ! murmure Lutzinger à l'oreille de son voisin.

Comment décrire un mouvement collectif, un soulèvement, une émeute, une émotion populaire, une manifestation de rue, l'occupation d'une usine ou d'un banal rond-point, ou encore ce que nous avons à peindre ici, une assemblée de futurs chômeurs dans une région industriellement sinistrée ?

Étienne Manadier s'est posé la question dès qu'il a débuté son récit.

Il a envie d'en toucher quelques mots à Violette.

– Je rêverais de vous conter tout cela de façon percutante et véridique. Ce face-à-face du président et des employés de l'usine. On ne peut pas traiter le groupe des employés comme un tout indistinct, même si on considère que l'on a affaire à un mouvement collectif, à un échantillon chimiquement pur de la lutte des classes, le patron d'un côté, la classe ouvrière de l'autre. Fredonnet ne peut pas être le seul personnage du récit à jouir de l'individualité.

– Il y en a déjà au moins deux autres : Truchard et Lutzinger.

– Ça ne fait pas le compte. Truchard est le directeur de l'usine, c'est un patron, un tout petit patron, mais un patron. Lutzinger, mâle blanc d'âge moyen, ne saurait incarner à lui seul la classe ouvrière, très diverse. En outre, c'est un syndicaliste, un représentant syndical, dans une France très peu syndiquée.

Étienne réfléchit.

– Même lorsque la classe ouvrière se met, comme ici, à bouillonner, à exprimer sa colère et sa dignité, qui sont au fond une seule et même chose, elle est agitée de courants contradictoires. Son unité n'est pas donnée. Elle se forge dans ce mouvement même, quand elle est composée de personnes singulières et, de fait, incommensurables entre elles.

– Vous ne pouvez pas les décrire une par une !

– Il faudrait, dit vivement Étienne. Toutes, une par une. Hélas ! J'en suis incapable.

– Vous n'êtes pas écrivain.

– Les écrivains ne montrent pas tant de scrupules. Je parle des écrivains populistes, des écrivains ouvriéristes, des écrivains prolétariens. Ils ne se gênent pas pour éluder la question. Ils s'accommodent d'être superficiels et mensongers. Les individualités qu'ils affectent de peindre ne sont en réalité que des pantins dont ils agitent les fils. Ils les affublent de quelques traits distinctifs amovibles et interchangeables, tout droit sortis d'une sociologie rudimentaire et d'un infra-journalisme approximatif. Ensuite, trois petits tours sur la scène de l'Histoire et puis s'en vont, on les envoie se fondre dans le chaudron du collectif, celui qui aime la pêche, celle qui attend un enfant qu'elle n'a pas désiré ou ne désire plus, celle qui croit s'en sortir par le sport, celui qui vient de se faire plaquer, celle dont le père est mourant, ceux qui ont des désirs, ceux qui ont accumulé les blessures et les renoncements. Désolante imitation du roman de formation mis à la sauce chorale. Rien que de fade, de simpliste et de fabriqué, là où il faudrait être vrai, où il faudrait tout dire, de tous, un par un.

– N'en suffit-il pas de quelques-uns qui vaudront pour tous ?

– Ils ne valent pour tous que quand tous se ressemblent dans ce moment ponctuel et renversant de la lutte, du groupe en fusion ou, si vous préférez, du surgissement de la conscience de classe. Mais le reste du temps ? Avant ? Après ? Les personnes qu'ils sont ?

– C'est le propre des mouvements sociaux, plaide Violette. L'individu s'abolit dans le groupe.

– En décrivant comment la lutte les arrache à la vie quotidienne, les élève au-dessus d'eux, les transforme en acteurs de l'Histoire, on les grandit, bien entendu, mais aussi on les réduit, on les rétrécit. Souvenez-vous de la plainte déchirante du narrateur de *La Recherche* quand il aperçoit pour la première fois Albertine à Balbec, sur la digue, une parmi le groupe des jeunes filles : « C'était, écrit-il, toute sa vie qui m'inspirait du désir. »

Hors la grève ou la révolte, les vies des travailleurs n'inspirent aucun désir sincère aux écrivains du peuple dont je vous parle.

– Qui sont-ils, ces écrivains ? Vous les avez lus, donnez-moi des noms.

– Oublions-les, répond sombrement Étienne. Ils font ce qu'ils peuvent, qui est pitoyable, ils ne méritent pas qu'on les cite. Je m'en suis infligé la lecture juste après les événements que je suis en train de vous relater. Leurs romans, leurs nouvelles, les articles qu'ils présentent comme des reportages, tout est noyé dans un lyrisme laborieux et machinal, enrobé, à l'occasion, d'une gouaille faubourienne frelatée, racoleuse et répugnante.

Ni Étienne ni Violette ne citent le contre-exemple de Louis Guilloux. C'est dommage.

Étienne est frémissant d'indignation. Et Violette : le poème que j'ai volé chez lui, c'est lui qui l'a écrit, pense-t-elle.

– Cela ne me dit pas ce qui vous est arrivé dans cette usine, à vous et à monsieur Fredonnet.

Le chauffeur de François Fredonnet, conformément aux instructions d'Étienne, tente de quitter l'usine. On l'en empêche. On le fait descendre de voiture, on lui arrache des mains son téléphone portable.

– Bon, dit-il.

Il n'a pas envie de se faire bousculer.

On le conduit sans qu'il s'y oppose dans un petit bureau sans fenêtre, pareil à un cagibi, où il pourra, lui explique-t-on, attendre son patron. On ferme la porte à clef. Le chauffeur soupire. Il a bien compris que le projet des ouvriers était la séquestration de François Fredonnet. Il va falloir être calme et patient. Il ne craint pas l'ennui. Il a toujours dans la voiture des journaux et des magazines, ainsi que ceux que lit François Fredonnet, *Les Échos*, *Le Figaro*. Il fait les mots croisés, les mots fléchés, les sudokus, mais il néglige les problèmes d'échecs et a renoncé à comprendre quoi que ce soit aux chroniques de bridge. Ni romans ni poèmes. Quand il est à bout de ressources, comme aujourd'hui dans le cagibi, il essaie de se rappeler les histoires drôles qu'il a entendues et, c'est une fantaisie récente, d'en inventer. Quelques-unes lui ont valu des succès. (Il ne les a pas essayées sur François Fredonnet.) Il s'est récemment procuré quelques recueils de bonnes blagues, dans l'espoir de se perfectionner. Chance : il en a un sur lui, dans la poche de sa veste de costume de chauffeur. Il s'y plonge, après avoir rapidement examiné son lieu de réclusion. Le mobilier se compose de deux armoires métalliques grises, d'un bureau et d'un fauteuil assortis, d'une corbeille à papier. Le tiroir supérieur du bureau contient un répertoire téléphonique, quelques stylos à bille publicitaires, le calendrier d'un fournisseur dont le logo associe une clef anglaise et un engrenage. Les autres tiroirs sont verrouillés. Les armoires ne le sont pas, mais elles sont vides.

Le chauffeur s'installe aussi confortablement qu'il peut et entame sa lecture, tout en évaluant la possibilité de se faire rémunérer par Minémé ce temps de réclusion en heures supplémentaires.

Peut-être un jour pourrai-je vendre mes histoires drôles à des magazines comme celui-ci, ou à des comiques professionnels, se dit-il. Au début, cela fera un peu d'argent en plus, et ensuite, qui sait, j'aurais de quoi en vivre, mieux que de mon métier actuel qui commence à me lasser.

Un moment plus tard, alors qu'il ressent l'envie de boire, il consulte sa montre. Deux heures se sont écoulées. Que s'est-il passé durant ce temps ? Qu'est-il arrivé au président et au freluquet ? Que leur a-t-on fait subir ?

– Vous vous appesantissez sur le chauffeur et pas un mot sur ceux qui l'ont séquestré, s'étonne Violette.

– Je ne sais que ce que l'on m'a dit. Le chauffeur m'a raconté tout ce qu'il avait vécu, mais les employés de l'usine ou ceux qui s'étaient mobilisés avec eux, je n'ai pas pu les interroger.

– Pourtant, à vous entendre, ce sont eux les héros.

Étienne est interloqué. Il ne se souvient pas d'avoir laissé entendre quoi que ce soit de semblable.

– Des héros ? C'est sans doute pourquoi ils me sont étrangers. Le monde de l'héroïsme n'est pas le mien, encore moins celui de l'héroïsme prolétarien. Avec le chauffeur, ils se sont montrés à la fois brutaux, en l'enfermant, et cléments, en s'en tenant là. Ils ne l'ont pas rudoyé, ils ne l'ont pas maltraité, injurié, pris à partie. Ils l'ont stocké. Ils ont probablement jugé qu'il y avait entre eux et lui une solidarité de classe, ou quelque chose de ce genre. Ils auraient pu tout aussi bien le considérer comme un laquais du patronat.

– Mais le président et vous, avez-vous été molestés, brutalisés, maltraités ? Je ne comprends pas l'intérêt de cet intermède avec le chauffeur. C'est une digression inutile.

– Pas du tout. Voyez, vous êtes encore plus impatiente de connaître notre sort que le chauffeur ne l'était. C'était le but.

Violette en reste baba.

– Où en étais-je ? reprend Étienne.

– Au moment du malentendu.

Étienne semble ne pas comprendre, et Violette se trouve dans la pénible obligation de le mettre sur la voie.

– Quand monsieur Fredonnet parle de malentendu.

– Ah oui, et personne ne crie poil au cul. C'est là que j'ai commencé à avoir vraiment peur. Cela prouvait que les gens n'étaient pas venus là pour rigoler, ni pour chahuter. C'était une affaire sérieuse. Ils nous voulaient du mal. Collectivement et individuellement.

Ça le reprend, pense Violette.

Pendant que le chauffeur enfermé se raconte les histoires drôles qu'il connaît et en invente qu'il ne connaît pas, le ton monte entre Freu-Freu encore en liberté et l'assemblée des travailleurs.

– Comment voulez-vous qu'on parle si vous m'empêchez de parler ? vitupère, en une phrase bien proche du lapsus, le président de Minémé en butte au charivari.

Cris, jets de projectiles, injures, attitudes menaçantes, grimaces, poings levés et doigts d'honneur, la vague monte vers la tribune où Fredonnet a l'air, en beaucoup plus con, de Chateaubriand sur son rocher face à l'océan aux orages propice.

Ça crie. Ça menace. Le président continue de glapir qu'on le laisse parler. Truchard s'approche d'Étienne.

– Il faut le sortir de là, dit-il.

Et, bravant les projectiles et les invectives, il bondit sur la tribune et s'empare sans plus de façon du bras de Fredonnet.

– Venez. Mettons-nous à l'abri.

Il enfourne Fredonnet dans un couloir. Étienne les suit, ses alarmes confirmées, sans remarquer que Truchard, pour les accompagner, ou plus exactement les entraîner à sa suite, est assisté d'une virile escorte dont les halètements, la course sonore et l'agitation contribuent à dramatiser leur fuite.

Un escalier, le fracas des pas sur les marches métalliques, un autre couloir, puis encore un autre, un autre escalier, cette fois à descendre, à toute allure. Truchard les presse, entrez ici, vite ! Ils entrent. Ils n'ont plus aucune notion de l'endroit où ils se trouvent, dans quelle partie de l'usine. La porte se referme derrière eux, ils entendent distinctement le claquement narquois de la serrure.

Étienne et Fredonnet sont seuls dans la pièce.

C'est une sorte d'aquarium qui donne, un mètre ou un mètre cinquante plus bas, sur un vaste atelier désaffecté. Excepté le côté par lequel ils sont entrés, les cloisons sont largement vitrées. Les tours et les détours qu'on leur a fait faire les ont si bien désorientés qu'ils découvrent avec étonnement qu'ils sont tout proches de leur point de départ : la foule qui se pressait il y a encore quelques minutes face à Fredonnet envahit petit à petit l'atelier et les gratifie silencieusement de son mépris individuel et collectif. Étienne et Fredonnet en sont comme fascinés.

– On se croirait dans un épisode de *Walking Dead*, dit Fredonnet à voix basse, tandis que l'atelier, devant eux, se vide, on vient les observer, puis l'on s'en va. Pourquoi ne restent-ils pas ?

Il cherche une explication.

– Ils vont faire sauter l'usine et nous avec ! s'écrie-t-il soudain.

Étienne examine cette éventualité. Elle ne lui paraît pas totalement absurde. Il se peut que la décision de fermeture prise par Fredonnet ait transformé les ouvriers de l'usine en morts-vivants, ainsi que toute la population de la vallée.

– Appelons la police, tranche Fredonnet.

– Comme vous voulez.

Fredonnet n'entend pas cette restriction si feutrée. Il se saisit de son téléphone portable.

Pas de réseau.

– Quand il a parlé d'appeler la police, raconte Étienne à Violette, je me suis retiré en moi-même.

– Comment cela ?

– Ceux qui nous avaient attirés dans le guet-apens n'avaient pas le moindre intérêt pour ma personne. Au mieux, j'étais un accessoire du président, je faisais partie de sa suite, au pire j'étais un imprévu, un inconvénient. Dans tous les cas, je valais à peine la corde pour me pendre. Fredonnet, de son côté, assumait la solitude de la décision. C'était entre eux et lui. Il était le chef, il était la proie. Mon avis n'importait pas.

– Personne ne songeait à vous pendre.

– Je n'étais plus là. Je me suis mis à penser à autre chose.

Violette ne demande pas à quoi.

– Pas de réseau, explose Fredonnet. Et vous ?

Tiré de sa torpeur, Étienne vérifie qu'il n'est pas plus connecté que son président.

Le choix de leur lieu de réclusion n'a donc pas été fait au hasard. C'est une zone blanche, peut-être artificielle, peut-être créée pour l'occasion et circonscrite à ce seul bâtiment, à cette seule pièce.

Ils font face à un plan, à une volonté.

– Que veulent-ils de nous ? murmure Fredonnet.

Étienne le scrute à la dérobée, avec la réserve du subordonné et la retenue du jeune homme de bonne famille, et constate, ébahi, que Fredonnet, bien loin de se liquéfier comme il s'y attendait, affiche au contraire le calme et l'impassibilité du combattant, avec toutefois un rien d'ostentation. De forfanterie et de mâchoires serrées.

Les années 70 du siècle passé furent des temps héroïques. « On a raison de séquestrer les patrons ! » affirmait-on alors de manière catégorique. C'était un mot d'ordre qui avait valeur d'injonction, un modèle à imiter. Il n'était pas question de séquestrer l'ennemi de classe en catimini. On visait le barouf.

Jean-Yves Truchard et Pierre Lutzinger s'écartent de ce canon. Ce n'est pas la guerre sociale, mais un conflit privé, et d'abord privé de tout horizon historique. Les deux hommes ne prétendent à rien d'exemplaire. Ils règlent un compte entre eux, dans l'intimité. Ils ne souhaitent pas que la police et les médias s'en mêlent. D'où la neutralisation du chauffeur de Fredonnet.

Alors que les instructions n'étaient que de l'empêcher de communiquer avec l'extérieur en lui confisquant son téléphone, ils apprennent qu'on le tient cloîtré depuis plus de deux heures dans un cagibi. Ils viennent lui présenter les excuses du personnel.

– Nous séquestrons votre patron jusqu'à nouvel ordre, lui annoncent-ils.

– Le petit aussi ?

(Étienne Manadier n'est pas spécialement petit, c'est une façon de parler.)

– Aussi.

Ils expliquent au chauffeur que la situation exige que toute communication avec l'extérieur soit bloquée, de sorte que la confiscation de son téléphone et l'interdiction de prendre le volant de la voiture ne sont pas des mesures dirigées contre lui, mais d'ordre général. En revanche, l'avoir enfermé si longtemps dans ce cagibi est une erreur. Tout le monde serait heureux de l'accueillir à la cantine, ouverte sur un jardin petit mais charmant et transformée pour la circonstance en buvette solidaire et fraternelle.

– Où sont-ils ? demande le chauffeur.

– Dans un bureau. Pour l'instant, ils refusent toute négociation, tout dialogue.

Cette dernière réplique est incertaine. Peut-être « il refuse » était-il au singulier, visant le seul Fredonnet. La différence ne s'entend pas. On ignore par ailleurs qui, de Truchard ou de Lutzinger, a répondu au chauffeur. D'où l'indécision entre négociation et dialogue, car les deux hommes, les deux amis d'enfance, n'utilisent pas, en matière de relations sociales, tout à fait le même vocabulaire. Jean-Yves Truchard vante constamment le dialogue, c'est un mot dont il abuse et qu'il semble préférer à tout autre, tandis que la négociation, avec ce qu'elle engage de conflits, d'intérêts divergents et opposés, ressort évidemment du lexique syndical et combatif de Pierre Lutzinger. Cet écart illustre le fossé intellectuel et moral qui s'est peu à peu creusé entre eux, celui existant entre les dirigeants et les représentants du personnel et, plus largement, entre les élites et le peuple. Car Truchard savait bien lui aussi, jadis, que, quand un patron parle de dialogue, c'est une façon de dire, taisez-vous et écoutez-moi, de signifier qu'il n'y a rien à négocier.

Jean-Yves Truchard et Pierre Lutzinger ont menti au chauffeur. Ni l'un ni l'autre n'a proposé de pourparlers à Fredonnet. La négociation et le dialogue, là-dessus les deux hommes sont en plein accord, requièrent le préalable d'un confinement pénible et formateur, pédagogique et propédeutique, dans l'aquarium de l'atelier F : une mise en condition.

L'aquarium était éclairé en permanence, illuminé comme un plateau de cinéma par un directeur de la photographie obsédé par la profondeur de champ, à s'en fatiguer le regard. Quant à l'atelier F, depuis longtemps privé de ses machines-outils, il était alternativement plongé dans l'obscurité la plus profonde et baigné dans le lait blême des néons. Les captifs, quand il y avait de la lumière, voyaient l'atelier tantôt désert, tantôt parcouru de petits groupes d'employés curieux ou hostiles. Quand il était éteint, ils n'avaient aucun moyen de savoir s'ils étaient épiés ou pas.

C'était en somme comme au théâtre : la scène (l'aquarium) toujours visible, la salle (l'atelier) gommée, escamotée, sauf à l'éclairer subitement pour exhiber la présence du public ou, hélas ! son absence.

Au bout de près de trois heures, à l'effarement des otages de l'aquarium affaiblis par le dispositif, Lutzinger fait irruption avec une escorte armée de gourdins et de clefs à molette, de marteaux, de pinces. Tous le dépassent au moins d'une tête, car, je ne sais si nous l'avons dit, Lutzinger est chétif.

– Vous êtes séquestrés, déclare tout de go le leader syndical.

Étienne Manadier se rappelle les *Pensées* de Pascal : « Nos rois ne se sont pas masqués d'habits extraordinaires pour paraître tels, mais ils se sont accompagnés de gardes et de hallebardes. » Lutzinger, d'apparence frêle et insignifiante, mais entouré de ces « trognes armées » présentes dans la phrase suivante du texte de Pascal, a toute la majesté d'un roi de la lutte sociale.

Notons que les « trognes armées » pascaliennes, dont le souvenir fait sourire Étienne, ont surgi d'une lecture controversée des manuscrits. La plupart des éditeurs déchiffrent désormais « troupes » au lieu de « trognes ». C'est beaucoup plus plat. Un des arguments en faveur des « troupes » est que les « trognes armées » poussent trop loin la métonymie. Argument peu recevable, dans la mesure où nulle voile n'a jamais fendu l'azur, et qu'il est donc absurde de fixer aux métonymies quelque frontière que ce soit.

– Séquestrés ? C'est ridicule ! s'exclame Fredonnet.

Lutzinger et son escorte gardent le silence.

– Où est monsieur Truchard ? demande Fredonnet.

Il a failli dire Truchard tout court et s'est repris juste à temps.

– Où est monsieur Truchard ? Vous le séquestrez lui aussi ? Vous l'avez enfermé ?

– Le comité d'occupation nous a chargés de récupérer vos téléphones.

– Comité d'occupation ? Vous avez bien choisi votre nom, il évoque une période tristement sombre de notre histoire.

– C'est ça ! dit un des mastards.

– Vous n'êtes rien d'autre qu'un gang ! Une milice !

– La Gestapo ? ironise le même mastard. Décrocher un point Godwin en moins de quinze secondes, c'est fort.

La mention du point Godwin transporte Étienne Manadier, que Fredonnet impatiente souvent par sa grandiloquence. Il regrette d'avoir comparé les hommes de l'escorte à des trognes armées ; ils ont le sens et le goût du sarcasme, au moins celui qui s'est moqué du président.

– Donnez-nous vos téléphones, répète Pierre Lutzinger.

– Pas question ! hennit Fredonnet. Où est Truchard ?

Violette fronce les sourcils.

– Que s'est-il passé alors ?

– Ils ont pris nos téléphones, le mien et celui de Freu-Freu.

– Ils vous les ont arrachés des mains ?

– Ils n'ont pas eu besoin d'user de la violence, ni de nous en menacer. Nous les leur avons donnés.

– Ensemble ? En même temps ?

– C'est important ?

– Vous avez peut-être oublié.

– Moi d'abord, lui ensuite.

– Ah ! Voilà ! s'écrie Violette à l'étonnement d'Étienne. Vous n'avez pas résisté. Vous l'avez trahi. En tout cas, il a pu le croire et ne jamais vous le pardonner. Cela expliquerait tout.

– J'étais prêt à résister, symboliquement, pour la forme, pour marquer le coup, dans une protestation courageuse mais vaine. Il n'a pas voulu. Malgré sa première réaction, c'est lui qui m'a ordonné de céder au comité d'occupation.

– Ah ?

– Vous êtes déçue, soupire Étienne.

– Non. J'aurais été déçue si vous aviez trahi.

– Je suis froissé que vous ayez pu le craindre. Du reste, cela n'a rien à voir avec la trahison.

– Bien entendu, dit précipitamment Violette.

Étienne la regarde avec tristesse.

– Rien à voir du tout, rien, renchérit-elle. Vous comprenez, j'ai besoin de savoir ce qui s'est réellement passé entre monsieur Fredonnet et vous.

– Pour me juger ?

– Nous nous connaissons déjà trop pour que je puisse vous juger.

Violette se rend compte que cette déclaration en est presque une, une sorte d'aveu, et rougit, ce dont Étienne ne s'avise pas.

– S'il avait cru que vous l'aviez trahi, il aurait pu vous en vouloir. Cela éclairerait sa conduite ultérieure.

– Sa conduite est simplement celle d'un méchant homme.

Tiens, pense Violette, il est d'accord avec Régis Tissier. C'est peut-être typiquement masculin.

Alors que les séquestrés de l'aquarium songent encore, sinon à résister, du moins à marquer une volonté de résister, quitte à se faire brutaliser, la lumière monte dans l'atelier F, en un effet théâtral soigneusement pensé et magistralement exécuté, révélant que s'y presse désormais une forte proportion du personnel de l'usine en révolte. Tous regardent vers l'aquarium. Ce qui s'y passe a désormais un public, qui rêve, comme à Guignol, de voir Fredonnet et l'élégant fantoche qui l'accompagne être rossés.

Rossés à la vue de tous pour avoir voulu défendre leurs téléphones. Misère !

Un des membres de l'escorte met en marche une caméra.

– Attendez ! Ne filmez pas ! dit Fredonnet (et cela n'a pas la moindre influence sur le caméraman). Je ne peux pas vous donner mon téléphone. Il contient des informations confidentielles.

– Vos petits secrets de patron, vos intrigues, vos complots.

– Je veux bien vous le livrer si je peux d'abord bloquer l'accès à certains fichiers.

– Bloquez si vous voulez, bloquez, et puis livrez. Votre téléphone ne vous sert à rien ici. Ça ne capte pas.

Fredonnet bloque et, tout en bloquant, fait signe à Étienne de donner son propre téléphone aux délégués du comité d'occupation, sans s'inquiéter qu'Étienne ait à bloquer ou à crypter quoi que ce soit de son contenu.

Étienne obtempère.

Non pas trahison de Manadier, mais obéissance et soumission. La construction de Violette s'effondre.

Le comité d'occupation compte nominalement une dizaine de membres, mais toutes ses décisions sont prises hors de toute légalité conseilliste par les seuls Lutzinger et Truchard, alors que ce dernier, pour des raisons de décence politique, n'en fait pas partie.

– Si quelqu'un s'inquiète du silence de Fredonnet, il l'appellera. De même pour le jeune homme et le chauffeur.

Personne n'appelle le chauffeur.

Personne n'appelle Étienne.

Quand le téléphone de Fredonnet sonne, ce n'est pas sa femme, sa secrétaire, l'une ou l'un de ses collaborateurs : c'est sa maîtresse, furieuse d'être sans nouvelles.

La secrétaire de Jean-Yves Truchard a répondu. Une voix de femme ? La maîtresse tempête. Pour la calmer, on allègue une réunion qui se prolonge.

Lutzinger et Truchard s'esclaffent de l'incident comme d'une péripétie de vaudeville bien digne de l'éternel bourgeois.

– Bon, qu'est-ce qu'on fait ? demande l'un.

– On les laisse mariner un brin, répond l'autre.

Aucune force de police ne s'est manifestée. Ils sont contents.

Ils gagnent en devisant gaiement la buvette solidaire, où le chauffeur de Fredonnet, tenu malgré tout à l'écart par les ouvriers méfiants, les accueille avec chaleur. Pour montrer l'exemple, ils s'attablent avec lui. Le chauffeur leur raconte quelques-unes des histoires drôles qu'il vient d'inventer et qui nourriront par la suite le spectacle *Blagues dans le cagibi* qui lancera sa carrière. Le personnel de l'usine occupée, attiré par les rires, se presse bientôt autour de la table où Lutzinger et Truchard se tordent (d'abord avec un rien de complaisance, puis sincèrement et spontanément). Le chauffeur s'enhardit, prend de l'aisance et de l'autorité. La buvette solidaire se transforme en cabaret citoyen.

Pierre Lutzinger y renouvelle sa conviction profonde que la lutte ouvrière est joyeuse, même si de terribles exemples historiques la montrent en général s'achevant dans le sang et le désespoir.

Quant à Jean-Yves Truchard, il se dit non, l'usine n'est pas morte. Elle vivra.

Dans l'aquarium se morfondent toujours François Fredonnet et Étienne Manadier.

Le comité d'occupation n'a pas souhaité les assoiffer. Ils disposent d'eau minérale en quantité, dans des bouteilles en plastique. En contrepartie, on a roublardement monté le chauffage.

Les séquestrés ont soif. Ils boivent.

Un incident avait frappé Jean-Yves Truchard lors de son entrevue avec Fredonnet au siège de Minémé. Fredonnet et lui s'étaient assis, non pas de part et d'autre du bureau, mais dans de vastes fauteuils, parmi les plantes vertes et sous la protection d'une imposante et magnifique maquette ancienne de turbine peinte de couleurs clinquantes et didactiques. Il y avait, posé sur une console à trois pas d'eux, un plateau avec des verres et une carafe d'eau. La secrétaire était entrée, Fredonnet devait avoir un moyen de l'alerter, à moins qu'elle n'ait laissé d'elle-même, suivant un usage établi, un intervalle convenu entre l'entrée du visiteur et sa propre venue. Elle avait pris en silence le plateau des rafraîchissements sur la console, l'avait déposé sur la table basse, puis était sortie.

Affable, Fredonnet avait proposé un verre d'eau à Truchard et le lui avait versé avec obligeance, avant de remplir le sien. Il avait quand même fallu auparavant le manège grotesque de la secrétaire, exhibition infantile de la prétention de Fredonnet à être servi. Truchard en avait été accablé.

Fredonnet avait pris la parole, on s'en souvient peut-être, à l'issue d'un de ces silences concentrés et méditatifs qui étaient un de ses jeux de scène favoris. Pendant tout le topo où il étalait son génie entrepreneurial, la carafe d'eau, les verres, le plateau se tenaient à la lisière du champ de vision de Truchard et dénonçaient la suffisance de Fredonnet.

Il faudra qu'il ait soif, avait pensé Jean-Yves Truchard.

La chaleur, l'ennui, la fatigue. Fredonnet et Manadier compensent en se désaltérant, surtout Fredonnet.

En conséquence, il a envie de pisser.

Il essaie d'attirer l'attention de leurs gardiens, qui se plaisent à ignorer ses appels.

Fredonnet n'a plus le choix. Il ramasse une bouteille vide.

– Couvrez-moi, ordonne-t-il à Étienne.

Étienne fait rempart de son imperméable.

Observant tout cela grâce à une mini-caméra bien cachée, Truchard et Lutzinger jubilent.

– Il se met dans un coin, il sort du champ, dit Lutzinger.

– Comme prévu, dit Truchard.

Ils sont sans inquiétude : une seconde caméra filmera ce que la première ne pourra capter. On l'a confiée à un jeune militant cinéphile auquel Lutzinger prête des DVD de grands classiques, et qui a pris position dans l'ombre d'une des passerelles qui font le tour de l'atelier F.

Fredonnet se place idéalement par rapport à cette seconde caméra. Le jeune homme cadre. La doublure de l'imperméable Burberry d'Étienne lui paraît du meilleur effet.

– Utilise le zoom si c'est nécessaire, mais sans excès, lui a recommandé Lutzinger, plutôt puritain en matière de prise de vues.

Le jeune homme zoome. Il resserre lentement sur le visage crispé et méfiant de Fredonnet se soulageant, puis, panoramique vertical, descend en direction de la braguette, sur la bouteille et le filet d'urine s'échappant de l'organe présidentiel.

Songeant au montage final, le caméraman entend déjà le bruitage aquatique qui renforcera le réalisme de la séquence.

Soulagé, Fredonnet rit nerveusement.

– Je n'ai nulle part où pisser, je n'ai plus ni téléphone, ni secrétaire, ni rien, je suis un homme dépouillé de tout.

Il trompe son amertume en déclamant le discours qu'il n'a pu prononcer, à moins qu'il ne faille y déceler les premiers signes de son effondrement. L'atelier F, modérément éclairé, laisse voir une peu nombreuse assistance. Fredonnet s'adresse à elle, bien qu'elle ne puisse l'entendre.

– Mes amis ! claironne-t-il, et il se met à marcher de long en large dans l'aquarium comme s'il arpentait la tribune d'un meeting politique.

Étienne, assis par terre, le suit des yeux. Les bras de Fredonnet font de grands moulinets d'éloquence, tandis qu'il exalte la paix sociale et l'amitié entre les classes, et brosse une fresque émouvante de la longue saga industrielle du Consortium des minerais et des métaux.

– Contrairement à ce que prêchent les fauteurs de haine et de division, l'industrie a sa grandeur. Elle est le siège d'intérêts communs et de solidarités fortes. Nous sommes liés, nous sommes unis, nous sommes au service les uns des autres et au service de la collectivité, de la nation, de l'humanité avide de bien-être, de progrès matériel et social.

Il loue la douceur de préserver, au-delà des brutales nécessités économiques, le souvenir ému des années heureuses, de cette belle aventure partagée qui se change maintenant en trésor affectif, ou quelque chose comme ça.

– Qu'est-ce qu'il est en train de dégoiser ? demande Lutzinger.

Dans l'aquarium, Étienne baisse la tête, gêné.

Rageant de ne pas être entendu, Fredonnet tente de briser, d'abord avec un balai et un tabouret, puis à coups de poing, les parois vitrées de l'aquarium. Elles tiennent bon.

– Il va se faire mal ! s'exclame Truchard.

Lutzinger juge sa compassion déplacée.

Peu après, cependant, il convient qu'il est temps de négocier. Il entre dans l'aquarium avec son escorte, Jean-Yves Truchard se tenant en retrait.

– Nous venons discuter.

– Vous allez me tuer ? Non. Vous ne pouvez pas. Vous ne pouvez pas me torturer, vous ne pouvez pas me brutaliser. Vous n'avez aucun moyen de pression sur moi. Il n'y aura donc pas de discussion. Vous n'avez rien à me proposer, je ne veux rien vous accorder. Je sortirai d'ici sans que vous ayez rien obtenu de moi. Vous ne pouvez pas gagner contre les lois de l'économie, etc.

Jean-Yves Truchard intervient.

– Le personnel n'aura peut-être rien gagné, mais vous, vous aurez tout perdu. Toute cette histoire attirera sur Minémé et sur vous une attention qui n'est pas la bonne et qui déplaira aux marchés.

L'évocation des marchés, pourtant coutumière dans les journaux, à la radio et à la télévision, et que personne ne remarque plus, met Fredonnet en fureur. Il se précipite sur le traître Truchard, l'écume aux lèvres, dans l'intention de l'étrangler sur place.

Lutzinger, l'escorte et même Étienne s'interposent.

– À votre aise, dit Lutzinger.

Et toute la délégation sort de l'aquarium.

Étienne prend la parole :

– Président, vous avez raison de refuser de négocier avec eux. Ce n'est pas souhaitable. Mais moi, je peux faire semblant, sans que cela vous engage. Uniquement pour savoir ce qu'ils veulent.

(Pour s'adresser à Fredonnet, Étienne use tantôt de « président », tantôt de « monsieur », en fonction des circonstances. « Président » montre une sorte de familiarité, « monsieur » est plus guindé.)

Fredonnet ne donne pas formellement son accord. Il grommelle :

– Il faudrait d'abord qu'ils reviennent.

– Nous pouvons les faire revenir. Ils ne sont pas loin.

Étienne rédige un message sur une feuille arrachée de son agenda et le glisse sous la porte. Fredonnet n'a pas demandé à relire.

Quelques minutes plus tard, l'un des hommes de l'escorte invite Étienne à le suivre.

Étienne a écrit : *Le président m'autorise à négocier en son nom.*

Les négociations vont bon train. Il n'est pas nécessaire de les retracer, elles sont d'une platitude absolue : Étienne accède à toutes les demandes qu'on lui présente.

En résumé, en échange d'une participation très minoritaire au capital qui ne lui donne aucun pouvoir, Minémé cède à une société coopérative en cours de constitution la totalité de ce que le Consortium détient de l'usine : terrains, bâtiments, machines, engagements divers, commandes, etc., et lui fait apport, en les prenant à sa charge, de tous les crédits bancaires souscrits.

Lutzinger et ses camarades n'en reviennent pas, pas plus que Truchard déjà pressenti pour prendre la direction de la coopérative.

Il est évident pour Étienne que Truchard est l'organisateur véritable de toute l'opération, de sa conception jusqu'à cet aboutissement.

– Ce que vous avez combiné est remarquable, lui dit-il.

– Ce que nous avons fait, tous, à l'usine, corrige Truchard.

– Ne soyez pas faussement modeste.

– Nous sommes unis. Vous ne parviendrez pas à nous diviser.

Il sourit. Il aime bien Étienne, et il sent qu'Étienne, au fond, ne le déteste pas.

– J'ai toujours vécu ici et ne souhaite pas vivre ailleurs. Nous défendons nos emplois. Je défends aussi mon enfance.

Étienne demande à avoir une réunion confidentielle avec Fredonnet pour entériner l'accord.

– Je suppose que la pièce où vous nous retenez est sur écoute.

– Elle ne l'est pas, mais vous avez le droit de croire le contraire. Où voulez-vous tenir votre conciliabule ?

Le soir tombe. Fredonnet et Étienne se parlent à l'extérieur, dans une allée bordée de haies. Étienne expose les termes de l'accord. Il ajoute qu'ils n'ont aucune valeur, ayant été acceptés sous la contrainte, comme le démontre leur caractère unilatéral. Fredonnet est fatigué. Il écoute Étienne sans réagir.

– Toutefois, dit Étienne ravi de placer un adverbe aimé du président, toutefois je pense qu'il faudrait appliquer l'accord tel quel. Il coûtera moins cher que le démantèlement de l'usine et les indemnités au personnel, et donnera de Minémé l'image d'une entreprise attentive aux gens, tout autant à ses employés et anciens employés qu'à ses clients, à ses actionnaires, au vivre-ensemble et à la prospérité générale. D'un mauvais pas, on peut faire une chance, d'un accident, une bénédiction. Vous n'êtes pas obligé d'y réfléchir tout de suite. L'important est de sortir de là, donc de signer. Il sera temps ensuite de considérer votre signature comme volontaire ou extorquée.

Fredonnet signe.

De retour dans l'usine, d'une voix altérée par la colère et l'épuisement nerveux, d'une voix de fausset, ridicule et incongrue, il exige :

– Mon téléphone !

On le lui tend. Il ne remercie pas, ce que, machinalement, ne manque pas de faire Étienne, à qui l'on a aussi rendu le sien.

Le chauffeur, encore tout étourdi de ses premiers succès d'artiste, les reconduit à Paris. Sur la route, en pleine campagne, Fredonnet lui ordonne de s'arrêter et lui demande ainsi qu'à Étienne de le laisser seul dans la voiture, il doit téléphoner. Étienne et le chauffeur sortent. Il fait maintenant nuit noire, on n'entend pas un bruit, excepté le bourdonnement d'un transformateur électrique tout proche.

– Quelle histoire ! dit Étienne.

– Je n'ai rien pu faire, se défend le chauffeur, à qui nul ne reproche rien.

– C'est drôle. On oublie que la vie des gens se décide de loin, à Paris, à Londres, à Zurich, à Chicago ou à New York, dans des bureaux qu'ils ne connaissent pas et où personne ne les connaît.

– En fait, ils sont plutôt gentils. Ils ont ri à mes blagues.

Pendant ce temps, dans la voiture, Fredonnet téléphone à Amandine, sa maîtresse. La communication est brève. Elle lui fait remarquer qu'il est bien tard.

– Je n'y suis pour rien, je t'expliquerai tout. Je viens comme prévu.

– Ce n'est pas la peine, répond-elle d'un ton posé, j'ai sommeil, je vais me coucher.

Je la rejoindrai quand même, décide Fredonnet.

Arrivés à Paris, le chauffeur dépose Étienne chez lui, et Fredonnet chez Amandine. Elle a tiré le verrou et ne répond pas à ses coups de sonnette.

Fredonnet hèle un taxi, réveille sa femme. Il lui rapporte les événements de la journée avec les accents de l'indignation en les présentant comme la cause de son retour en pleine nuit.

Le lendemain, après y avoir beaucoup réfléchi, il prend le parti, contre son sentiment initial, d'appliquer l'accord et de lui donner une publicité maximale. Il convoque Étienne pour le lui annoncer et lui exprimer sa gratitude.

– Sans vous, Étienne, je ne sais pas comment je m'en serais tiré. Je vous dois une fière chandelle, et Minémé aussi. Vous avez été épatant.

Au même instant, là-bas, à l'usine, Lutzinger félicite Truchard.

– Tu as ce que tu voulais. Tu restes patron.

– L'usine continue. Et c'est toi, le patron. Tu es mon actionnaire, répond Truchard.

– Nous le sommes tous, collectivement. Toi aussi. Ou sociétaire, je ne sais plus.

– Ça change beaucoup de choses.

– Ah, bon ? Nous verrons bien.

– Il faut que je te parle. L'usine ne peut pas continuer à fabriquer les mêmes produits, poursuit Truchard.

– Tu me l'as déjà expliqué.

– J'ai à peine commencé.

– Tu vas me dire la suite. Je t'écoute, mon Jeannot.

– Trois semaines plus tard, j'étais viré de Minémé, dit Étienne.

– J'ai compris ! s'écrie Violette.

– Il me couvre de fleurs et, ensuite, la porte. Et vous, vous comprenez !

– Connaissez-vous *Le Voyage de monsieur Perrichon* ?

– C'est un roman ?

– Une pièce de théâtre. D'Eugène Labiche. Elle est très fameuse.

– Je connais juste le titre.

On peut s'étonner que quelqu'un d'aussi cultivé que Manadier, incollable sur Mallarmé, ignore Labiche. C'est plus fréquent qu'on ne croit. Faites des tests autour de vous, interrogez vos collègues et vos relations sur Flers et Caillavet, sur Édouard Bourdet, vous verrez.

– C'est tout simple, enchaîne Violette. Fredonnet, c'est Perrichon. Il vous en veut parce que vous lui avez sauvé la vie.

Perrichon, le personnage de Labiche, est un bourgeois parisien opulent dont la fille Henriette est à marier. Deux candidats à la qualité de gendre se présentent. L'un, Armand Desroches, a un authentique penchant pour la jeune Henriette. L'autre, Daniel Savary, est sensible au montant de la dot. Ils suivent tous deux la famille dans le massif du Mont-Blanc où elle excursionne. Monsieur Perrichon, sourd aux conseils de prudence de sa femme, fait une chute de cheval et tombe dans une crevasse. Armand (le gentil) l'en tire courageusement. Daniel (le cynique) tombe volontairement dans une grotte et se laisse sauver par Perrichon. À la suite de quoi, Perrichon est très vite agacé par Armand, dont il prétend à tort qu'il ne cesse de se vanter de l'avoir secouru, et s'éprend de son rival Daniel, qu'il ne se lasse pas d'entendre chanter ses louanges et vanter son héroïsme, au point de lui accorder sa fille.

Désolation d'Armand (et d'Henriette, car les sentiments, entre eux, sont réciproques).

Il faut que Daniel se charge de lui ouvrir les yeux : « Vous lui avez sauvé la vie. Vous croyez peut-être que le souvenir lui rappelle un grand acte de dévouement ? Non ! Il lui rappelle trois choses : primo, qu'il ne sait pas monter à cheval ; secundo, qu'il a eu tort de mettre des éperons malgré l'avis de sa femme ; tertio, qu'il a fait en public une culbute ridicule. Il est votre obligé, votre inférieur ! Vous l'écrasez, cet homme !

– Mais c'est de l'ingratitude ! » s'insurge le naïf Armand.

Daniel le confirme : « Un imbécile, dit-il, est incapable de supporter cette charge écrasante qu'on appelle la reconnaissance. »

Bon, l'affaire finit bien : ayant surpris cette conversation, Perrichon, à son tour dessillé, donne sa fille à Armand. Rideau.

Étienne Manadier écoute Violette avec attention.

– Tout y est, lui dit-elle. Fredonnet, devenu votre obligé, ne peut que vous haïr. C'est la clef. Et comme il vous hait, il ne peut pas se contenter de se séparer de vous. Il doit vous poursuivre, il doit vous punir. Vous comprenez ?

– Mais quelle horreur ! articule Étienne d'un ton mélodramatique, comme s'il se moquait, alors qu'il le pense vraiment. C'est affreux !

(Il imite sa mère.)

– Après ses premiers compliments, vous avez dû remarquer un changement d'attitude, une froideur, de l'agacement.

Étienne, ayant passé en revue ce lointain passé, en convient. La chaleur du président quand il a évoqué la fière chandelle s'est bientôt dissipée et a mouché la chandelle en question. Froideur, agacement, les mots de Violette touchent juste.

– Fredonnet n'est pas Perrichon. Rien ne lui ouvrira les yeux, il ne vous donnera pas sa fille. Puisqu'il est incorrigible, reste à le punir. Vous voulez toujours vous venger de lui ?

– Plus encore qu'avant. Hélas ! Je ne sais comment faire.

– Pensez-y, prenez votre temps. Cela fait sept ans, vous n'en êtes pas à un ou deux mois près.

– Très bien, promet Étienne. Je vais y réfléchir.

Le délai que Violette vient de lui octroyer, la Société Monte-Cristo va le mettre à profit pour exercer, sans lui et sans le lui dire, mais à son bénéfice, la vengeance d'Étienne.

Violette éprouve une telle joie d'avoir élucidé les fondements perrichoniens de la conduite de François Fredonnet qu'elle veut sans tarder communiquer sa découverte, d'abord à l'enquêteur privé Régis Tissier, puis à Paul Marquis. L'ordre est important : les instructions de Goran étant de remonter à Tissier par Manadier, quiconque entre en rapport avec Manadier est placé sous surveillance. Violette est donc suivie. Sitôt qu'elle aura mené à Tissier, la filature sera levée. L'absence d'instructions contraires de Goran à ce propos montre les limites du personnage. Il ne peut voir en Violette qu'un simple agent de liaison, sans doute accidentel, entre Manadier et Tissier ; une femme entre deux hommes, un second rôle sans autonomie ni personnalité, à peine identifiable, sans nom, ainsi que les féministes estiment, en général à juste titre, que le cinéma traite les femmes.

Goran s'est focalisé sur Tissier non pour le livrer à son frère d'armes Milo, mais pour s'en emparer lui-même en vue de le soumettre à un interrogatoire. Comme chef milicien, il a acquis en la matière une précieuse expérience. Les informations qu'il extorquera à Tissier lui permettront ensuite, pense-t-il, d'avoir barre sur le puissant Fredonnet et de le faire chanter.

Quelle naïveté ! Goran, brutal et expéditif, n'est pas aussi futé qu'il le croit.

Violette rejoint Tissier dans un café.

– C'est lui ! annonce à Goran le filocheur, qui, à cette minute, vêtu d'une soutane coupée dans les meilleurs tissus, est déguisé en prêtre intégriste après l'avoir été en livreur de pizzas et en mendiant aveugle. J'ai envoyé la photo à monsieur Milo, il a confirmé.

– Ne le lâchez pas, répond Goran, et méfiez-vous. Il est malin comme un renard.

Violette s'attable face à Tissier.

C'est un de ces anciens bistrots que la déchéance d'un quartier parisien et sa gentrification subséquente ont protégé de la démolition ou d'une rénovation barbare. Il est, comme on dit, resté dans son jus, excepté côté clientèle, où l'intermittent du spectacle a remplacé l'ouvrier des faubourgs, et approvisionnement, où la bière blanche a pris le pas sur le calva.

On l'a par ailleurs orné, ou à dire vrai ravagé de plantes vertes.

– François Fredonnet, déclare Violette, est victime du syndrome de Perrichon.

Elle a trouvé un argument nouveau à opposer à la thèse du méchant homme. Tissier réagit instantanément :

– Cela n'invalide pas ce que j'ai dit l'autre jour. Le syndrome de Perrichon ne fait pas le méchant homme. Il ne crée pas la méchanceté.

– Je ne suis pas d'accord. Le syndrome de Perrichon réduit énormément la portée explicative de votre théorie. Il réintègre Fredonnet dans l'humanité commune.

– Perrichon, le vrai, celui de la pièce, est un imbécile. Il n'est pas méchant. La preuve en est qu'il se corrige, alors que le méchant s'endurcit. J'ajoute que Perrichon s'améliore aussi sur le plan intellectuel.

– Il devient moins bête ?

– La conversation qu'il surprend entre Daniel et Armand lui ouvre les yeux, mais aussi l'esprit. Il s'amende, ce qui signifie qu'il s'examine, qu'il se juge, en un mot : qu'il pense. Dans la même situation, Fredonnet et ses semblables réagissent par un surcroît de méchanceté.

Violette réplique. Il précise. Elle réfute. Chaque rencontre dévoile à Régis Tissier des qualités de Violette inédites et bouleversantes. Elle connaît Labiche ! s'extasie-t-il. Elle aime Labiche ! Il sait que ces deux qualités ne sont pas liées. Il ne suffit pas de connaître le théâtre de Labiche pour l'aimer. Tissier songe à son amie Dorothée, qui adule Feydeau et déteste Labiche. Un jour qu'elle était sur le point de lui exposer ses raisons, ils ont été malencontreusement interrompus. Ils n'en ont pas reparlé. Dommage. D'un autre côté, il n'avait pas grande envie que Dorothée lui démolît Labiche.

Quel plaisir en revanche d'évoquer Labiche avec Violette.

Tissier et Violette se séparent, charmés l'un par l'autre. Ils ont débattu. Régis Tissier, qui habite au bord du parc des Buttes-Chaumont un pavillon du même genre que celui où a vécu le scénariste Jean Gruault, rentre chez lui. Il ne remarque pas qu'il est suivi, ce qui démontre l'excellence du concept de filature artistique développé par Goran, mais fait voir aussi combien l'a ramolli la douceur de son entrevue avec Violette.

Il prend le lendemain un train pour le Sud-Ouest où l'appelle une affaire de famille.

Goran n'a pas eu le temps d'organiser son enlèvement.
– Nous savons où il habite, nous attendrons son retour.

En quittant Tissier, Violette court exposer ses lumineuses conclusions à Paul Marquis. Il l'attend dans son bureau de la fondation, qu'entre tous ceux dont dispose l'immeuble il a choisi parce qu'y règne une pénombre digne d'un rez-de-chaussée sur cour. Il y a aménagé un désordre effroyable, dossiers, livres et revues entassés n'importe comment, jusque dans les fauteuils, avec interdiction à qui que ce soit de tenter d'améliorer les choses.

– Le syndrome de Perrichon ! claironne-t-elle après avoir relaté la séquestration et ses suites.

– C'est une analyse très ingénieuse. La Rochefoucauld a dit quelque chose d'équivalent dans une maxime où il met en parallèle l'oubli des bienfaits et l'oubli des injures. Les hommes, écrit-il autant que je me souvienne, « haïssent ceux qui les ont obligés, et cessent de haïr ceux qui leur ont fait des outrages ». C'est tout au début, je dirais dans les vingt premières maximes. Attendez !

Il ne lui faut que quelques secondes pour mettre la main sur un volume des *Maximes*, un exploit, vu le bazar ambiant.

– Voilà. Maxime quatorze. « Les hommes ne sont pas seulement sujets à perdre le souvenir des bienfaits et des injures ; ils haïssent », etc. Je m'en souvenais presque au mot près ! (Marquis lit la suite.) « L'application à récompenser le bien, et à se venger du mal, leur paraît une servitude à laquelle ils ont peine de se soumettre. »

Cette lecture le rend pensif.

– C'est long pour une maxime, dit Violette.

– Ni la gratitude ni la vengeance ne sont une servitude. Seuls ceux qui éludent l'une et l'autre s'en persuadent et y voient une marque de soumission, alors que La Rochefoucauld les conçoit comme l'exercice d'une liberté véritable.

– La vengeance et la gratitude, répète Violette.

– Nous sommes au cœur de notre sujet. Remarquez que cela revient aussi à considérer la gratitude non comme un sentiment vague, mais comme une obligation d'agir, au même titre que la vengeance.

Face à Violette, il veut s'expliquer.

– Quand je dois réfléchir à une situation ou prendre une décision, je relis souvent La Rochefoucauld. Je l'ai beaucoup relu depuis que nous sommes, vous et moi, embarqués dans cette histoire.

Odile Klein avait émis des réserves au moment de l'admission de Paul Marquis dans la Société. Jeanne-France Courage avait défendu ses qualités d'organisateur, l'acuité de ses vues, son efficacité, avec une telle fougue qu'Odile s'était découragée.

– Il est bordélique, avait-elle plaidé faiblement.

– Son bureau est bordélique, lui ne l'est pas. Il ne perd jamais rien.

– Je l'ai vu passer une heure à chercher je ne sais plus quel dossier.

– Quelqu'un l'avait rangé sans prévenir. D'ailleurs, finalement, il l'a trouvé, non ?

– Au bout d'une heure.

– C'est un truc pour gagner du temps. Pour se donner le temps de réfléchir.

Odile s'était tue.

Quand était venu le tour de Violette, elle protesta encore.

– Elle est trop jeune.

– Si tu avais son âge, tu ne le penserais pas.

– C'est une bourgeoise.

– Tu me dis ça à moi ? fit Jeanne-France en secouant ses bijoux. Tu m'as regardée ?

– Vous, ce n'est pas pareil.

– Une bourgeoise, qui plus est richissime.

– Pleine de fantaisie. Indépendante d'esprit. Les bourgeoises ne sont pas comme cela.

– Toi aussi, tu es une bourgeoise.

– Je n'ai pas hérité d'un centime.

– L'argent n'est pas tout. Autrement, la mort de tes parents au pire moment, quand ils étaient dans une situation financière désastreuse et sans espoir, aurait dû te déclasser, te faire dégringoler tout en bas de l'échelle sociale.

– Je m'en suis sortie grâce à mon oncle et ma tante.

– Tu t'en es sortie parce que tu avais un bagage, un héritage, un capital culturel.

– Ma famille m'a aidée.

– Une famille bourgeoise.

– Non.

– Des commerçants. Des grossistes.

– Des confectionneurs, corrigea Odile. En fait, tout ce que j'ai, c'est grâce à vous. Et je ne fais même pas partie de votre famille.

– Puisque tu la connais un peu, tu sais que tu n'as rien à regretter. C'est à toi, à toi seule, que tu dois tout. Tu avais les bases, de naissance.

– Alors tout est joué en fonction de l'endroit où l'on naît ? C'est encourageant pour les pauvres, ironisa Odile.

– Tu es la preuve que rien n'est joué du tout, répliqua Jeanne-France, qui n'hésitait jamais à se contredire d'une phrase à l'autre quand ça l'arrangeait.

Odile ouvrit la bouche pour dire encore quelque chose. Jeanne-France l'en empêcha.

– Et ne m'emmerde pas avec la question juive. Ça n'a rien à voir.

Odile allait protester. Elle ne voyait pas ce que « la question juive » venait faire là-dedans et n'avait pas songé à la mentionner. Au lieu de protester, elle riposta.

– Vous en parlez à votre aise.

À la différence de celle d'Odile, les familles de Jeanne-France et Henri Courage n'avaient pas souffert de l'Occupation : hop ! une bonne giclée de culpabilité pour intimider Jeanne-France et la renvoyer au sujet initial de l'entretien.

– La petite Violette vient d'un milieu d'employés, de petits fonctionnaires, fit valoir Jeanne-France.

– Ses parents sont enseignants.

– Ce n'est tout de même pas les deux cents familles. (Jeanne-France, nécessairement, a des références d'un autre âge.) Ses parents professeurs sont sûrement syndiqués. Communistes.

– Ça ne m'étonnerait pas, dit Odile, rageuse, à court d'arguments.

Violette avait résolu l'affaire Fredonnet. La culpabilité était établie, le verdict s'en déduisait. Restait à prononcer la peine. Quel châtiment ? Une réunion de tous les membres de la Société Monte-Cristo est convoquée. On s'interroge. Le démolir, le discréditer, bon, tout le monde est pour. Lui faire reconnaître sa faute ? Publiquement ? L'humilier ? Pour Odile, « l'idéal serait qu'il devienne alcoolique ». C'est venimeux. Le penchant de Violette pour Étienne Manadier, le penchant de ce dernier pour la boisson ne lui ont pas échappé. On fait semblant de ne pas avoir entendu. C'était pourtant rigolo.

– Nous sommes bien d'accord, dit Jeanne-France Courage. Nous ne nous en prenons pas à François Fredonnet parce qu'il a licencié monsieur Manadier. C'est permis. Nous respectons autant que possible les obstacles aux licenciements que les lois françaises prévoient, mais nous n'ignorons pas que la réglementation d'autres pays, non moins civilisés, est plus souple. Nous ne reprochons pas à François Fredonnet d'avoir débiné un ancien salarié auprès de ses employeurs potentiels ultérieurs. Cela peut arriver. Cela arrive tous les jours. On a licencié quelqu'un qui n'était pas bon, qui travaillait mal, qui fichait la pagaille. La solidarité patronale élémentaire interdit de le refiler à d'autres comme s'il était une perle rare. Il y a un devoir de sincérité entre pairs. Les maîtresses de maison en usaient ainsi jadis quand elles faisaient des certificats aux domestiques dont elles démentaient de vive voix les termes mensongers à la première occasion. Ce qui est en cause, c'est l'acharnement haineux de François Fredonnet contre une personne dont il avait le droit de se séparer, y compris pour de mauvaises raisons, mais qu'il a persécutée. C'est cela qui demande réparation. C'est de cela qu'il va payer le prix. L'injustice.

Paul Marquis se pose des questions sur Violette. Elle est bien plus jeune que lui. Il calcule la différence d'âge entre Émile Zola et Jeanne Rozerot, la lingère de sa femme, dont il est tombé amoureux. Elle est née en 1867, lui en 1840, vingt-sept ans plus tôt.

– Il a eu une liaison avec la domestique ! Il a engrossé la repasseuse ! s'exclame-t-il en lui-même, amer. (Il a tendance à prendre Zola pour un homme de gauche.)

Il se souvient ensuite, toujours Zola, du *Docteur Pascal*, le dernier roman de la saga des Rougon-Macquart, celui que personne ne lit. Pascal Rougon, le frère resté à Plassans, recueille sa nièce Clotilde, la fille de l'affreux Saccard, quand elle a sept ans. Il l'élève. Et quand elle a dix-huit ans, crac ! il se jette sur elle. Enfin, ils se jettent l'un sur l'autre. Trente-quatre ans d'écart, Zola battu à plate couture par son personnage. Sans compter l'inceste.

Il n'est pas certain que ces considérations soient bénéfiques à Paul Marquis, qu'elles l'aident à se débarrasser des scrupules, vite terrassés par Clotilde, qui rongèrent le docteur Pascal. D'ailleurs rien de commun. Violette n'est pas sa pupille, leurs âges ne sont pas si éloignés, tant s'en faut ! que dans ces deux exemples naturalistes.

Pourrait-elle être ma fille ? Non, bien sûr. Mes états d'âme n'ont pas lieu d'être. Il se les reproche, non parce qu'ils mettraient à mal ses desseins, mais justement parce qu'ils sont sans objet. Ai-je des vues sur Violette ? Pas du tout. Absolument pas. Ça tombe bien, puisqu'elle-même n'a aucune attirance pour lui.

Tandis que la Société Monte-Cristo s'interroge sur le type de châtiment à infliger à Fredonnet, Violette reste en contact avec Étienne, lequel continue à réfléchir aux différents moyens de se venger de François Fredonnet, sans se douter de ce qui se trame à son insu. Un jour qu'elle est à la fondation, elle reçoit un appel de lui. Ce doit être à la cafétéria, Paul Marquis est installé à une table proche de la sienne. Il entend la sonnerie du téléphone, qui est musicale. Violette se lève et s'écarte pour répondre. Il l'observe.

Quand elle raccroche, elle surprend son regard et lui sourit.

– C'était Étienne Manadier.

– Je sais. Vous êtes amoureuse de lui ?

– Non. Je l'aime bien. Il est sympathique. Il a quelque chose de fascinant. Il est intéressant. (Quel désordre dans cette réponse.) Pourquoi pensez-vous que je suis amoureuse de lui ?

– Je vous ai regardée quand vous lui parliez. Et j'ai entendu la sonnerie de votre téléphone. Ce sont quelques mesures de Verdi, n'est-ce pas ?

– On ne peut rien vous cacher.

– L'ouverture de l'opéra *I Masnadieri*. Le mot ressemble à Manadier, en version italienne. Comment dire ? On n'accorde pas une sonnerie spéciale à quelqu'un qui vous est indifférent. Ou bien c'est votre opéra de prédilection et vous avez cette sonnerie pour tout le monde, ce qui serait étonnant.

Violette rougit imperceptiblement.

– Non, seulement pour Étienne. Le titre de l'opéra m'a amusée.

– Le livret est adapté des *Brigands*, de Schiller. Les *masnadieri*, en italien, ce sont les brigands, les voleurs. Il y a une partie de violoncelle très importante dans l'ouverture, c'est presque un concerto. À tout à l'heure, conclut-il abruptement.

Il s'en va. Violette voudrait lui dire, ça ne change rien, cette sonnerie, ça ne prouve rien, on n'est pas amoureuse parce qu'on a changé la sonnerie de son téléphone.

Marquis retourne dans son bureau en pensant, je l'ai devinée. C'est la preuve qu'il se ment à lui-même. Il est épris, puisqu'il est jaloux, et sa divination n'est rien d'autre que le savoir du jaloux. Quand on aime une femme, on sait avant elle qui la désire, qui elle désire, et la suite des événements ne fait que confirmer la catastrophe.

Violette, de son côté, ne cesse de se répéter la réplique absurde qu'elle a servie à Marquis : Je l'aime bien, il est sympathique, il a quelque chose de fascinant, il est intéressant, en y ajoutant avec obstination : Je ne suis pas amoureuse de lui.

Elle regrette d'avoir employé le mot « fascinant ». Étienne est parfois surprenant. On peut le trouver charmant. Il est bien élevé, cultivé, intelligent. Fascinant ? Allons donc. Ne sois pas ridicule, ma pauvre Violette. Cependant c'est un poète, pense-t-elle.

Comment détromper Paul Marquis ?

Une salade de pensées roule dans sa tête sans trouver d'issue. Pourquoi est-ce que je veux à ce point détromper Marquis ? Pourquoi a-t-il prétendu que j'étais amoureuse d'Étienne ?

Parce que j'ai passé beaucoup de temps avec lui ? Marquis est quelqu'un de bien plus intéressant qu'Étienne. Physiquement, il n'est pas si mal, il a du charme. Mais qu'est-ce que je raconte ? Il est bien plus vieux que moi. C'est un homme qui a de la profondeur. Une figure paternelle. Par éclairs, j'ai l'impression de le comprendre et qu'il me comprend. On s'entend bien. C'est mon chef, c'est mon patron, ce n'est pas la meilleure situation. Il y a une relation hiérarchique. Oui, mais il y a aussi une complicité.

Et ainsi de suite.

Elle ne se voit dans les bras ni de l'un ni de l'autre. Elle est formelle. La question ne se pose même pas.

Quand l'occasion lui est fournie d'arrêter ce manège intérieur, elle la saisit.

Cette occasion se nomme Bertrand. Il l'appelle au téléphone.

– Ça fait longtemps, hein ? lui dit-il d'un ton niais en faisant traîner le hein.

Violette accepte un rendez-vous. Elle suggère un déjeuner. Il propose un dîner. C'est plus simple, sa femme est partie avec les enfants, elle passe son temps chez ses parents dans le Perche, dès qu'elle peut, elle quitte Paris, etc. Violette se retient d'éclater de rire. Il y va direct, se dit-elle.

Le jour dit, ils expédient le dîner. On va chez toi ou on va chez moi ? Violette n'a pas grande envie que Bertrand connaisse son appartement. Elle se protège : cette histoire n'est pas destinée à durer. Chez lui ? Bertrand opine, accueillir Violette entre la lingerie de sa femme et les jouets des enfants ne semble pas le déranger.

Bien loin de se ruer sur elle à peine arrivés au domicile conjugal, il commence l'adultère par une visite commentée qui les mène de pièce en pièce. Une médiocrité si dense s'en dégage qu'on peut difficilement se la figurer. Bertrand raconte que c'est son beau-père qui a acheté l'appartement sur plan lors de la construction de l'immeuble. Il occupait alors une situation importante dans l'industrie pharmaceutique, ce n'est pas un scientifique, mais un HEC, il était du côté commercial. Bertrand énumère les médicaments dont il a assuré la fructueuse exploitation et l'heureuse incidence sur la santé publique.

Pourquoi est-il si volubile ? Faut-il y voir, s'impatiente Violette, une forme d'inhibition, la crainte de n'être pas à la hauteur ? Ou bien une hésitation, il regrette de s'être embarqué dans cette histoire ? A-t-il un problème parce qu'il est chez lui, enfin chez eux ? Va-t-il proposer la chambre d'amis en guise de compromis ? Ciel ! C'est ce qu'il fait. Il guide Violette vers la chambre d'amis, dernière étape de la visite, l'étape coucherie. La sacralité du matelas matrimonial sera sauve. Voilà pourquoi, pense Violette, alors que nous sommes là depuis au moins vingt minutes, il a tellement lanterné, tellement, si l'on me passe l'expression, tourné autour du pot. (Elle se retient de rire à cette plaisanterie à la fois leste et argotique.)

La chambre d'amis, du point de vue de la déco, est pire que tout. Des bibelots improbables qu'on a casés là pour s'en débarrasser sans les jeter à la poubelle, un couvre-lit refourgué sans doute par les beaux-parents qui ne le supportaient plus à la campagne, etc.

Bertrand déboutonne sa chemise en fixant Violette avec l'assurance du séducteur. Il a changé depuis leurs études. Il faisait moins l'avantageux, se souvient-elle.

Elle découvre un torse et des bras couverts de tatouages.

– Tu n'étais pas tatoué, à l'école.

Bertrand confirme que c'est là une acquisition récente de son individualité.

Violette ramasse son sac.

– Je m'en vais, dit-elle. Je ne couche pas avec une BD.

Principalement, elle ne couche pas avec Bertrand.

À New York, Thierry Limousin, acculé par le père de Judy, accepta toutes ses conditions : en échange d'un divorce immédiat et sans condition et du retrait de la plainte de Mallory, il devrait quitter les États-Unis sans espoir de retour. S'il décidait d'y demeurer, ce serait ruiné et en prison. Ne vaut-il pas mieux être pauvre et libre dans son pays natal ?

Thierry prit l'avion. La hâte du père de Judy à se débarrasser de lui était telle qu'il était allé jusqu'à lui payer le billet (en classe économique). Tandis que l'hôtesse mimait avec les accessoires habituels la conduite à tenir en cas de détresse, le masque à oxygène, le gilet de sauvetage, Thierry était submergé par l'évidence de son propre naufrage.

Et si l'avion s'écrasait ?

Il comprit aussitôt l'absurdité de cette aspiration. Si jamais il voulait disparaître, il ne souhaitait pas entraîner avec lui les cent vingt ou cent soixante passagers et les membres de l'équipage. Il en conclut qu'il n'avait pas l'intention de mettre fin à ses jours.

Je vais trouver quelque chose. Je connais des gens, se dit-il.

Il n'en était pas si sûr. L'audiovisuel, la production, la télé, c'est un monde où les places sont chères, bien qu'elles ne vaillent pas grand-chose.

Il soupira.

Une vie entièrement nouvelle. Tout changer. Repartir à zéro. Devenir un autre homme. Je ne crois pas que j'en serai capable.

Cet accès de lucidité montrait du moins que Thierry Limousin n'était plus tout à fait le même.

Le voici de retour en France.

Les filles l'y avaient précédé. Elles habitent avec Charlotte dans un bel appartement prêté par la Fondation Courage et refusent de le voir par solidarité avec Judy.

Il essaie aussitôt de réactiver ses contacts dans l'audiovisuel, mais sans succès. Les réseaux du puissant père de Judy, d'autres actionnés dans l'ombre par la Fondation Courage, font de lui un banni. Même Ralph Limousin, son père, lui bat froid.

Quelque temps après, Charlotte rend visite à sa cousine Odile.

La fondation ayant été pour elle si secourable, elle a beaucoup hésité, mais elle voudrait demander un dernier service.

– Lequel ?

– Je voudrais que tu aides Thierry à s'en sortir.

– Pardon ?

– Pas toi toute seule. Avec la fondation.

– Tu l'as revu ? demande sévèrement Odile.

– Il n'a plus d'argent, plus de travail, tout le monde lui tourne le dos.

– Il l'a bien cherché.

– C'est terrible, ce qui lui arrive.

– Moi, ça me fait plutôt plaisir.

– Il est malheureux.

– Tant mieux !

– Moi aussi, je suis malheureuse.

En dépit de ses supplications, Charlotte ne parvient pas à adoucir Odile, qui est indignée. Elle en parle quelques jours plus tard à Jeanne-France Courage.

– Elle me déçoit, on lui rend service, et au lieu de dire merci elle s'accroche à ce malfaisant.

Jeanne-France accorde qu'elle n'est pas moins déçue. L'attitude burlesque de Charlotte porte atteinte aux fondements mêmes de la Société Monte-Cristo.

Jeanne-France la convoque.

– Ma petite, la sermonne-t-elle, vous rendez-vous compte des violences que vous a infligées cet homme pour lequel vous sollicitez notre aide ?

– Il n'a jamais levé la main sur moi.

– Il vous a rendue malade, il vous a fait enfermer, il vous a séparée de vos filles, il vous a réduite à dépendre financièrement de vos parents.

Charlotte baisse modestement la tête. Elle ne sait que trop bien ce qui lui est arrivé.

– Il vous a trahie pour une femme plus jeune et plus riche.

– Il était amoureux d'elle.

– C'est tout le contraire d'une excuse.

– Il a eu un coup de folie. C'est un homme sensible et fragile.

Elle ne peut pas croire un mot de ce qu'elle raconte, pense Jeanne-France.

– Vous ne croyez pas un mot de ce que vous racontez, dit-elle.

– C'est aussi un peu ma faute, précise timidement Charlotte. Je ne lui apportais pas ce dont il avait besoin. Il l'a cherché ailleurs. Il a cru le trouver en Judy. Il a cru l'aimer, mais il ne l'aimait pas, c'est pourquoi il l'a trompée avec la première venue, une actrice de second ordre même pas jolie.

– Il vous a trompée vous aussi.

– Parce qu'il croyait être amoureux.

Jeanne-France se retient de soupirer bruyamment. Elle se paie ma tête, ou bien elle est totalement idiote.

– Thierry est le père de mes enfants, énonce Charlotte d'un ton extatique.

– Cela n'a jamais empêché d'être une brute, rugit Jeanne-France. Puis, passant à des considérations plus pratiques : Dans 95 % des cas, dit-elle au hasard, ce ne sont pas des gens sans enfants qui divorcent, ce sont des parents.

– Je l'aime toujours.

– Il ne t'aime pas. Il ne t'a jamais aimée, proteste Jeanne-France, que le courroux porte au tutoiement.

– Il n'a jamais été aussi près de m'aimer.

Épuisée, Jeanne-France met fin à l'entretien.

– Qu'il y ait eu dans ma génération de pareilles nigaudes, je l'ai vu de mes yeux. Mais Charlotte ! Après plus d'un siècle de féminisme ! D'où sort-elle ?

Jeanne-France en vient à douter de sa guérison. N'est-elle pas plus atteinte aujourd'hui qu'elle ne l'était ? Elle prend rendez-vous chez le psychiatre qui a traité Charlotte.

Celui-ci la reçoit dans son cabinet, dont les murs sont asphyxiés de photos de lui pérorant sur des plateaux de télé, donnant des conférences, posant dans des cocktails en compagnie de célébrités, signant ses ouvrages dans des librairies ou des salons du livre en province.

Il écoute Jeanne-France avec satisfaction détailler les sentiments, qu'elle juge pathologiques, exprimés par Charlotte.

– Mmh, mmh, fait-il, ayant aussi exercé la psychanalyse.

Jeanne-France ne s'en contente pas.

– Vous m'avez téléphoné, il y a quelque temps. Vous m'avez assuré que Charlotte n'était pas tout à fait stabilisée. Vous aviez prévu ce que je viens de vous raconter ?

– Mmh. Pas du tout.

– Que vouliez-vous me dire ?

– Ce que je craignais, c'est votre emprise sur elle. Vous me prouvez aujourd'hui qu'elle y échappe. Pour moi, cela signifie que je peux désormais la considérer comme guérie, si tant est que ce mot ait un sens.

– L'emprise de son ex-mari, c'est mieux ?

– C'est le père de ses enfants, déclare benoîtement le psychiatre.

Cette assertion fait bondir Jeanne-France. Le psy la coupe avant qu'elle ait eu le temps de dire un mot.

– Elle est revenue me voir, vous savez. Charlotte. Sans passer par vous, madame, en payant elle-même mes honoraires.

Il marque une pause, comme pour donner tout son poids à cette importante précision.

– Elle n'a plus les illusions qu'elle avait sur Thierry Limousin. Elle ne l'idéalise plus, elle le voit comme il est. Son amour est devenu un amour conjugal adulte.

Il sourit à Jeanne-France avec amabilité.

– Ils vont se remarier.

Le psy écarte les bras, en signe de fatalisme ou en guise de bénédiction aux futurs époux recollés.

– Je pense que nous en avons terminé. Avez-vous la carte Vitale ? Non ? Je vais vous faire une feuille de maladie.

Jeanne-France se lève et sort. En fait, elle le trouve assez drôle.

Restait à affronter Odile. Pour l'apaiser, Jeanne-France lui raconta le testament d'Haydée.

Elle ne l'avait pas fait jusqu'alors.

Odile écouta le récit avec intérêt. Jeanne-France lui révéla l'existence du fonds secret, et les moyens mis en place pour le dissimuler. Odile, pourtant peu impressionnable, on se souvient qu'elle maîtrise la comptabilité comme personne, était admirative.

– S'il y a une Société, s'il y a de l'argent, cela signifie que Thierry Limousin n'est qu'un épisode dans une entreprise plus considérable.

– Un galop d'essai, confirma Jeanne-France.

– Nous allons continuer à venger, nous allons continuer à punir ?

– Je vais continuer. Avec toi, si tu acceptes.

– Je veux ! s'exclama Odile. À qui allons-nous nous attaquer ?

Les sociétés que dirigent François Fredonnet et Augustin Maréchal sont non seulement de taille très inégale, mais elles ont également des domaines d'activité qui n'ont rien de commun. Les deux hommes se fréquentent exclusivement en amis, ainsi qu'ils désignent leurs déjeuners, et se croisent de façon aléatoire en diverses occasions de la vie sociale et mondaine, telles que vernissages, concerts, premières, galas, remises de décorations, colloques et réunions à la gloire des entreprises et de leurs dirigeants.

Maréchal tire quelque prestige des relations d'amitié et de compagnonnage qu'il entretient avec un acteur de la vie économique aussi puissant et éminent que Fredonnet, lequel, face à lui, se sent important au point de n'être pas loin de considérer qu'il s'encanaille. C'est parfait.

Seule la voracité bien connue du grand capital peut renverser cette heureuse harmonie. Un jour, son banquier suggère à Fredonnet de s'intéresser à la société que préside Maréchal, c'est-à-dire d'en prendre le contrôle.

– Ça n'a rien à voir avec ce que nous faisons, objecte Fredonnet.

– Il ne s'agit pas de ça, rétorque le banquier.

Il rappelle pour commencer que le groupe dont Fredonnet tient si brillamment le gouvernail fait toutes sortes de choses et abrite des activités dont les synergies ne sautent pas aux yeux. Il expose ensuite toutes les bonnes raisons de se lancer dans cette opération : la société de Maréchal est saine et, à beaucoup d'égards, remarquable, elle occupe une position solide sur un marché dont l'étroitesse relative, ajoutée à son savoir-faire, lui garantit la pérennité, etc. Elle présente cependant des failles, des immobilisations inutiles, des actifs dormants, une vision stratégique dont la louable prudence confine au pusillanime, et surtout, c'est là le point important, un actionnariat familial plus friable et divisé qu'on ne croit.

Le banquier a potassé le dossier. Fredonnet l'écoute, mentionne l'école d'ingénieurs dont Augustin Maréchal est issu.

– Vous savez que nous sommes de la même promotion, dit Fredonnet.

– Ce n'est pas cela qui vous a assuré la même carrière !

Le banquier n'a pas tort, se dit Fredonnet. Augustin Maréchal s'est certes bien débrouillé, mais c'est d'abord un héritier, tandis que je dois ma position à mon travail et à mon mérite.

Par sa remarque, le banquier a réveillé chez Fredonnet une rancœur opportune. Elle emporte la décision. Les manœuvres pour la prise de contrôle de l'entreprise de Maréchal débutent dès la semaine suivante. Il y a des achats en Bourse. La société étant cotée, Fredonnet est légalement obligé de déclarer tout franchissement de seuil dès que la participation atteint 5 % (un vingtième). Il se maintient donc provisoirement aux alentours de 4,99 %, cependant que des positions sont prises pour son compte par d'autres, ce qui n'est bien entendu pas entièrement licite.

On approche quelques cousines et cousins d'Augustin Maréchal. Plusieurs se montrent réceptifs, des négociations s'engagent. Avec Philippine, sa sœur unique, détentrice d'un gros paquet d'actions, les pourparlers vont bon train. Moins d'un mois après, la signature est imminente.

Fredonnet téléphone à son camarade (son *labadens*).

– Augustin ? C'est François. Il faut que je te voie.

– Nous avons un déjeuner prévu dans une semaine.

– Je préférerais te voir avant. J'ai besoin d'une demi-heure en tête à tête.

Ils ne trouvent aucun créneau. Ce qui convient à l'un est pour l'autre impossible, etc.

Maréchal a une idée :

– Tu ne vas pas à la première de *Parsifal* ?

– Ah mais oui. Toi aussi ?

Fredonnet est un gros donateur de l'Opéra de Paris. Un mécène. Enfin, pas lui en personne, mais l'entreprise, qui a un budget pour ça et pour quelques autres fantaisies bien plus discutables. Cela lui confère le privilège de traiter de pair à compagnon, croit-il, avec le directeur de l'institution. Maréchal se contente d'être un spectateur régulier, avec son argent à lui.

– Le premier entracte dure au minimum trois quarts d'heure. Ça nous laisse du temps.

Le soir de la représentation, ils s'isolent peu après que Gurnemanz, le vieillard occupant chez les chevaliers du Graal le double emploi de commère et de pion, a trop rapidement conclu, à la fin de l'acte I, que Parsifal n'est pas *der reine Tor*, l'innocent au cœur pur attendu pour tirer la confrérie du marasme.

Maréchal exprime son enthousiasme. Ah ! *Parsifal* ! Fredonnet le laisse parler quelques minutes.

Et maintenant, les choses sérieuses.

– J'étais à Genève, il y a quelques jours. J'ai rencontré ta sœur, commence Fredonnet.

– Ah, c'est marrant, je ne savais même pas que vous vous connaissiez.

– C'était à un dîner chez des amis communs.

Maréchal n'aperçoit pas l'étrangeté de ce dîner chez des amis communs. Comme si son ami avait coutume de baguenauder à Genève ! Maréchal est un wagnérien exalté. Il a la tête et les oreilles encore pleines de la scène finale du I. Tous ces élans mystiques collectifs qui marchent au pas l'ont laissé dans une hébétude proche de celle de Parsifal lui-même, le jeune héros qui ne sait pas ce qu'il a vu. Fredonnet est bien loin de telles émotions. En réalité, il a négocié au dernier moment sa place pour la représentation d'un opéra qu'il n'avait pas l'intention de s'infliger parce que c'est long et chiant. L'unique raison de sa présence ici est cette entrevue avec Maréchal, à laquelle il a continué de se préparer mentalement pendant les fastidieux (à son goût) récits de Gurnemanz, et dire qu'il y en a encore des tonnes à l'acte III.

En quelques phrases truffées de termes de finance, Fredonnet révèle à Maréchal que sa sœur Philippine est « bien embêtée » car elle ne souhaite plus être actionnaire de la société familiale.

– Elle veut que je lui rachète ses parts ?

– Non. Elle estime que cela te donnerait trop de poids vis-à-vis du reste de la famille.

– C'est quand même moi qui dirige la boîte. Il est là, le poids.

– Elle cherche à vendre, mais pas à toi.

– À qui, alors ?

– Elle m'en a parlé.

– Pourquoi à toi ?

Maréchal se rend aussitôt compte de l'inanité de sa question.

– Elle trouve que tu es la bonne personne.

– Je n'y aurais jamais pensé, mais, passé le moment de surprise, en fait ça ne me déplairait pas. Tu n'es pas un mauvais placement, conclut Fredonnet en souriant.

– Tu rachèterais ses parts, toi personnellement ?

– C'est à voir. C'est une somme, mais si on y regarde de près, ça représente une toute petite participation. C'est un peu cher pour moi, un peu décalé pour le groupe.

Maréchal se tait.

– On en reparle quand tu veux, conclut Fredonnet. Je crois qu'elle est très décidée.

Cela pourra paraître étrange, mais cette conversation n'éveille pas la méfiance d'Augustin Maréchal. Il est surtout agacé par sa sœur et se demande ce qu'elle va faire de tout cet argent.

– J'aime autant qu'elle te vende ses parts à toi plutôt qu'à un connard qui viendra me casser les pieds.

(En fait, il ne parle pas des pieds, mais le sens est identique.)

Augustin Maréchal se défie de sa sœur plus que de Fredonnet. Il a d'autres sujets de réflexion, car il n'approuve pas la vision que la mise en scène donne des chevaliers du Graal. On peut soutenir qu'ils forment une sorte de secte, mais là, ils ont l'air d'idiots complets.

Quant à Fredonnet, pendant l'acte III, car il s'est senti obligé de rester jusqu'à la fin, il se dit qu'il n'a pas mal joué le coup. Comment pourrait-il se douter qu'il est en train d'offrir à Étienne Manadier l'instrument de sa vengeance ? Manadier lui-même n'en sait rien.

Le banquier a-t-il approché Fredonnet de sa propre initiative ? vous demandez-vous.

Pensez-vous ! Quelqu'un lui a soufflé l'idée.

Vous croyez avoir deviné. Vous avez des hypothèses. Paul Marquis ? Jeanne-France Courage ? Violette Heim ? Ce sont gens qui, selon vous, peuvent connaître un banquier d'affaires. Mais non. Perdu.

Pas Odile tout de même ?

Et pourquoi pas ? Au service comptable, puis à la direction financière, elle en a connu, des banquiers !

Mais pas des banquiers d'affaires.

Donc : perdu aussi. Ce n'est pas Odile.

Odile, Paul, Violette et Jeanne-France sont les seuls membres de la Société Monte-Cristo. Si ce n'est aucun d'eux, est-ce à dire que la Société ne joue aucun rôle dans la vengeance ?

Il y a eu une réunion plénière, une assemblée générale exécutive de quatre personnes. Elle s'est tenue chez Jeanne-France, quai Voltaire. Une des pièces de l'immense appartement, du côté de la cour arborée, est aménagée en jardin d'hiver. On s'y sent bien, protégé de tout, on boit des orangeades parmi les plantes vertes. Par fantaisie, Jeanne-France y a mêlé des meubles de jardin et d'autres de style Directoire, et accroché deux tableaux du XVIIIe siècle représentant des scènes de la vie rurale dans une campagne très civilisée et très irréelle. Quand elle est seule, Jeanne-France vient peu dans cette pièce. Elle préfère le salon-bibliothèque d'où l'on découvre le pont du Carrousel, les guichets du Louvre et les eaux changeantes de la Seine aux couleurs indéfinissables, mais majoritairement décourageantes bien qu'elles emportent nos péchés.

C'est lors de cette réunion consacrée à la vengeance de Manadier qu'Odile a prononcé la réplique malveillante et fameuse selon laquelle l'idéal serait que Fredonnet devienne alcoolique. Œil pour œil, cirrhose pour cirrhose.

Paul Marquis stipule qu'aucun des quatre membres de la Société ne doit apparaître dans la machination, quelle qu'elle soit, qui va abattre François Fredonnet. Il faut en charger quelqu'un qu'on ne puisse relier à nous, dit-il.

– Un mercenaire ?

– Un homme ou une femme d'action. Que nous paierons, mais le mot de mercenaire n'est pas très heureux. Quelqu'un d'efficace.

– Régis Tissier ! suggère Violette. Il est parti quelque temps voir sa famille dans les Pyrénées-Orientales, mais on devrait pouvoir le joindre.

– Tissier est sympathique et compétent, et pas trop cher. Il a été irréprochable. Mais Fredonnet le connaît. Il se souviendra qu'il l'a vu au restaurant, il fera le lien avec Manadier. Il comprendra. Or il faut qu'il ne se doute de rien. Son châtiment doit ressembler à un arrêt du destin, non à une entreprise humaine.

Paul Marquis énonce cette sentence avec tant d'autorité que nul n'ose d'abord la contester, alors qu'elle est très discutable. Odile finit par s'y risquer.

– Il me semble à moi que la vengeance doit éclater comme telle. Si le vengé ne sait pas qu'il est vengé, si la cible ne se doute de rien, que reste-t-il ?

– Justement : la vengeance.

– Elle n'a plus aucune saveur. Une vengeance sans vengeur, c'est contradictoire. C'est un oxymore.

– Je ne suis pas d'accord. La vengeance que nous exerçons est un fait objectif. Elle a lieu. La justice est rétablie, et la conscience qu'en ont les parties est superflue. Au fait, en l'occurrence, il ne s'agit pas d'un oxymore, mais d'une antilogie.

– Vous n'êtes jamais fatigué de jouer au pédant ?

Jeanne-France intervient.

– Nous n'en avons pas usé autrement avec Thierry Limousin. Ni lui ni Charlotte ne savent rien.

– On voit le résultat, bougonne Odile, qui ne digère toujours pas le remariage annoncé.

– Si ta cousine avait été dans la boucle, le résultat aurait été pire. Il n'y aurait pas eu de résultat du tout. Charlotte nous aurait mis des bâtons dans les roues et n'aurait pas été vengée.

Violette ne connaît rien de l'histoire Limousin, elle ne sait pas qui est Charlotte. Son incompréhension éclate sur fond des buis taillés en boule du jardin d'hiver, où son visage de fille sage se détache comme une aurore. Paul Marquis admire qu'elle ne fasse pas semblant d'être au courant et qu'elle ne pose aucune question. C'est l'attitude juste : elle se réserve de comprendre plus tard si nécessaire. Il lui sourit en signe d'approbation et esquisse un galant moulinet de la main qui signifie qu'il lui éclaircira dès que possible tous ces mystères. Violette lui sourit en retour.

Antilogie ou pas, et malgré les remarques d'Odile, la ligne de conduite préconisée par Paul Marquis sera celle de la Société Monte-Cristo. Elle s'est appliquée à Thierry Limousin, elle s'appliquera à François Fredonnet.

L'agent de la vengeance, l'homme ou la femme d'action chargé de la besogne, on admet aussi qu'il restera caché aux membres de la Société, excepté Marquis, chargé de le recruter et à qui on ne demandera que de rendre compte du résultat.

– S'il vous connaît, il pourra remonter jusqu'à nous, dit Odile.

– Il ou elle, dit Marquis, qui entretient le mystère.

– Vous l'avez déjà choisi.

– J'ai quelques pistes.

– Nous devons faire confiance à Paul, dit Jeanne-France.

– Notre agent ne saura pas pour qui *il ou elle* travaille. Ni pour qui ni pour quoi. *Il ou elle* ne nous connaîtra pas, nous ne *le ou la* connaîtrons pas. Nous ne connaîtrons que les effets de son action, conclut Marquis.

L'inconnu s'est habillé comme s'il vivait à l'époque où se déroule l'action de *La Peau douce*, qu'il considère comme le seul bon film de François Truffaut, jugement dont nous lui laissons la responsabilité. Il est vêtu ce jour-là d'un blouson de daim et d'un pantalon de velours. Il se fait passer pour un vieil étudiant américain ou un jeune professeur d'université et prétend mener un travail sur l'industrie française et l'évolution de sa gouvernance. Le tout, année 1964, daim, velours, travail, gouvernance et industrie française, forme un ensemble si disparate et si peu croyable que l'on ne saurait en questionner la véracité. C'est trop absurde pour être inventé. Par ailleurs, l'inconnu, portant des lunettes rondes et les célèbres Desert Boots de la marque Clarks, est grand et bien bâti, visage ouvert et presque candide, traits réguliers, yeux clairs, cheveux coupés court mais drus. Il dispose d'une arme secrète : sa faculté d'afficher, aux moments les moins attendus, un sourire aussi arbitraire qu'irrésistible, assorti d'un air doux, innocent et câlin qui semble démentir toute velléité de drague ou de séduction. D'une façon générale, cela lui garantit le succès auprès des femmes de trente ans et plus.

À cet instant, Amandine n'en a pas encore tout à fait quarante. Nous l'avons déjà rencontrée : c'est chez elle qu'avait voulu se réfugier François Fredonnet à peine libéré de sa séquestration, et elle l'avait envoyé paître. Nous l'avions présentée comme sa maîtresse. Ce n'était pas faux, mais terriblement réducteur. Cela faisait d'elle une sorte d'accessoire, d'excroissance, de prolongement de Fredonnet, un personnage moins que secondaire : subordonné. Elle ne l'a jamais été, même pendant sa liaison adultère avec le président de Minémé, période qu'elle considère aujourd'hui comme la moins heureuse et la moins reluisante de son existence.

Plus de sept années ont passé depuis. Amandine a quitté Paris en même temps qu'elle quittait Fredonnet. Elle vit maintenant dans la région d'où Jean, son mari, était originaire, une campagne obscure du sud-ouest de la France. Nous en parlons au passé car, bien entendu, Jean est mort. Elle s'est installée là avec lui peu après son mariage, mais hélas pas très longtemps avant son veuvage. Ils habitaient alors une grande et belle maison, pour ne pas dire un château, dont une partie était dévolue à la gestion de l'exploitation agricole. Jean était agriculteur. Il portait des bottes de caoutchouc, une combinaison de travail, conduisait son tracteur et faisait des comptes à n'en plus finir dans une pièce qui lui servait de bureau et d'atelier, très fraîche en été, et bien chauffée en hiver par un poêle qui la peuplait d'une présence animale et familière, et dont le ronflement se confondait avec celui du gros et très vieux chien qui s'était laissé mourir deux jours après son maître. L'exploitation était en indivision entre Jean et ses trois frères et sœur, il était le seul à vouloir la perpétuer. À l'époque des parents et des grands-parents, il y avait des fermiers, c'était un autre temps, on regardait les choses de loin, l'intérêt pour l'agriculture était plus intellectuel, des lectures, des réflexions, des idées, des considérations sur les cultures et sur les animaux, sur les bois et sur les champs, sur les terres, qu'on échangeait avec des voisins ou les fermiers eux-mêmes, comme dans les romans de Tolstoï. Et puis on chassait.

Jean était un homme solide et silencieux, d'une bienveillance illimitée, d'une délicatesse et d'une sensibilité infinies. Il se sentait à sa place dans cette maison qu'il avait toujours préférée à l'hôtel particulier familial de Toulouse. Il aimait Amandine et Amandine l'aimait. Il était mort très vite, le temps de diagnostiquer son cancer il était déjà incurable.

Ensuite tout s'était passé très simplement. Un des frères vivait à Paris, il avait épousé une *executive woman* d'excellente famille. Devenue DRH d'une société internationale, elle était sans cesse en voyage entre Paris, Londres et Francfort. Lui vendait des livres anciens, ce qui consistait surtout à liquider les collections de deux générations de bibliophiles avant lui. La mort de Jean leur avait donné l'occasion de rompre avec un mode de vie que ni l'un ni l'autre ne supportaient plus. Il y avait eu un arrangement permettant à Amandine de s'établir dans le bourg voisin déjà mentionné, où elle avait ouvert une librairie.

Aujourd'hui, grâce à la littérature jeunesse, aux albums pour la petite enfance et aux fournitures scolaires, elle s'en sort à peu près.

Oui, les gens éprouvent une lassitude. Ces gens-là, qui ont cru à cette sorte de réussite et qui n'y croient plus, pour les uns y renoncent, pour les autres la cherchent ailleurs. À Paris, Amandine s'était fait un réseau, les affaires allaient fort. Elle a tout oublié. Elle ne se souvient de rien, mais elle revoit Jean, le front plissé, il écoute le moteur du tracteur, se tourne vers elle, lui sourit, quelques nuages passent dans le ciel, que pèse la vie parisienne ?

Ce jour-là, l'inconnu au blouson de daim entre donc dans la librairie et regarde les livres.

– Vous cherchez quelque chose en particulier ?

– Non, c'est vous que je suis venu voir.

L'accent américain qu'il prend, c'est un bijou. Son allure d'universitaire. Il explique son travail en cours sur l'économie française et ses changements récents, il voudrait lui poser des questions, mais il peut repasser plus tard.

– Il n'y a jamais personne à cette heure-là, dit Amandine. Voyons ça maintenant.

Elle lui propose qu'ils s'assoient dans un coin de la boutique aménagé en salon de thé, avec une jolie table, un bouquet de fleurs séchées, une bouilloire, une théière, etc., qui confèrent à la librairie un caractère chaleureux et intime, apaisant et féminin.

Le motif de sa visite la surprend un peu, dit-elle au jeune homme. S'intéresse-t-il à l'expérience de relations publiques qu'elle a eue dans plusieurs grandes sociétés, ou bien à son passé de journaliste quand elle travaillait dans un magazine d'économie ?

Dans un premier temps, il la laisse croire que c'est son parcours qui l'intéresse et il la questionne à ce sujet.

Puis il mentionne François Fredonnet dont elle avait fait le portrait.

– Ah, c'est lui qui vous intéresse en fait.

C'est le moment où elle va le flanquer dehors. Il s'y est préparé. Elle va protester, elle sera d'une grande froideur, il prendra un air désolé, penchera la tête sur le côté, comme ça, dira qu'il la comprend, il a beaucoup hésité, etc. Il usera de son sourire doux et innocent.

Amandine ne proteste pas.

– J'imagine que vous savez quelle était notre relation. Nous avons eu une liaison. C'était un homme marié, il l'est toujours, je pense.

Le faux Américain confirme.

– J'étais allée l'interviewer. Il n'était pas très séduisant, mais j'avais été passionnée par ce qu'il me disait, le *in* comme le *off*, il y avait eu beaucoup de *off*, comme s'il avait eu soudain envie de dévoiler ce que d'habitude il gardait pour lui. Il m'a exposé sa vision du futur de l'entreprise, de ses concurrents, les enjeux stratégiques. J'avais préparé mon interview, j'avais lu toutes ses déclarations précédentes, rien de tel n'y paraissait. C'était comme s'il me confiait, à moi et à moi seule, non pas des secrets, mais une pensée. Et tout était d'une intelligence incroyable.

Elle se retient de rire.

– Il m'a bien eue. Notre rédacteur en chef m'envoyait interviewer les patrons parce que j'étais jeune et mignonne, il s'imaginait que ma jupe un peu courte leur ferait baisser le regard, et surtout la garde. Qu'ils se laisseraient aller. Ça marchait assez bien. Ce n'est pas du tout ce qui s'est passé avec François. Il s'est adressé à moi comme à une personne, non pas comme à une…

Elle s'interrompt.

– … comme à une jeune journaliste bien roulée, une fille baisable. C'était sans doute en partie vrai. Il a laissé passer quelques semaines avant de m'appeler, mon article était paru sans qu'il y réagisse, pas même un mot au rédac' chef.

Amandine raconte. Elle n'a toujours pas compris ce que Fredonnet cherchait et trouvait (ou pas) en elle. Leur relation était froide. Gelée, inerte. Il n'y avait même pas le côté mondain, social, de s'afficher avec elle, de l'exhiber : ils se voyaient en toute discrétion.

– En même temps, tout le monde était au courant de notre liaison.

(Sauf madame Fredonnet, évidemment. Née Isabelle de Charitey, épousée pour sa particule, elle était connue dans le département de la Nièvre sous le nom de Cébéo. C'était l'abréviation d'un sobriquet dont la signification n'était comprise que des deux ou trois jeunes gens facétieux qui l'avaient inventé : Cébéo venait de CBO, « charité (ou Charitey) bien ordonnée », une allusion cruelle à l'ennui que dégageait la jeune fille, à sa radicale absence de fantaisie, d'imagination, d'intérêt pour ce qui dépassait l'horizon de sa petite personne. Du reste, Cébéo étant un peu long, on l'avait bien vite appelée simplement Cébé, ce qui était encore moins déchiffrable.)

– Froid, poursuit Amandine, c'est ce qu'il était, il n'aimait personne, ne s'aimait peut-être pas lui-même. Il était brillant, vous savez. Il s'admirait, il avait raison, mais il ne s'aimait pas. Étrange bonhomme. Terrifiant.

– Il n'avait pas d'amis ?

– Non. Ou plutôt si, un seul, mais je n'ai jamais cru à leur amitié, quoique François ne cessât de la vanter comme extraordinaire.

– Qui était-ce ?

– N'en parlez pas au passé. Je pense qu'ils sont toujours amis. Ils se sont connus à Centrale. Augustin Maréchal, ça vous dit quelque chose ?

– Le patron de Maréchal S.A.

– Oui. Maréchal de Maréchal.

Le faux Américain flaire aussitôt que ce seul ami pourrait bien être l'arme qui abattra Fredonnet.

L'opération Maréchal est lancée.

Au début, tout semble se dérouler à merveille pour François Fredonnet. Très vite, entre ses propres achats via Minémé, ceux de ses alliés (des financiers et des banquiers sans principes), et le rachat prévu des actions de la sœur, il contrôle virtuellement l'entreprise et déclare avec allégresse le franchissement du seuil de 5 % du capital social ; quelques jours plus tard, ce sont 10, puis 15 %.

Les premiers articles qui paraissent dans la presse, modérés et poliment interrogatifs, se font bientôt circonspects et dubitatifs et ne tardent pas à prendre un tour lourdement critique.

L'ancien président de Minémé, en qualité de figure morale, s'autorise à intervenir dans le débat. Il exprime son incompréhension dans une interview où il juge l'action de son successeur étrange et hasardeuse ; son dessein obscur ; sa stratégie illisible. Il est évident que le but est de s'emparer de Maréchal S.A. : selon lui, une absurdité, qui ne peut s'expliquer que par une forme aiguë d'*hubris* industrielle. L'*hubris*, ou *hybris*, fort à la mode, s'est affranchie des salles de cours, des amphithéâtres et des séminaires savants, où son pouvoir interprétatif avait enflé jusqu'au ridicule, pour se répandre dans les journaux et les bavardages. Elle s'est imposée comme la maladie des puissants, par laquelle, après ne s'être plus sentis pisser, ils se mettent à déconner sévère et à creuser leur propre tombe à grandes pelletées.

L'ancien président a donné le ton. Les magazines spécialisés se déchaînent, s'inquiétant des ambitions de Fredonnet qui, de son côté, rumine que l'ancien président, ce vieux con, il va lui faire la peau.

Là-dessus, nouveau coup de tonnerre. L'*hubris* de Fredonnet, peu auparavant, l'a conduit à effectuer de fructueux échanges de participations avec un énorme conglomérat nord-américain évidemment lié au fameux complexe militaro-industriel. Les Américains ont décroché, à cette occasion, un siège au conseil d'administration de Minémé. Or, c'est là que ça se gâte, une partie de l'activité de Maréchal S.A. implique la Défense nationale, de sorte que Fredonnet se voit pratiquement accusé de trahir son pays, à quoi quelques députés, et même un ministre, opinent.

Peut-être conseillé par le perfide banquier d'affaires, Fredonnet imagine qu'il suffira que l'opération Maréchal, pour échapper aux objections, ne passe point par Minémé, mais par lui seul. Il se laisse convaincre qu'il trouvera aisément les financements nécessaires. Il les trouve, mais en empruntant au-delà du raisonnable, signant n'importe quoi, acceptant sans discuter des conditions qu'il devrait juger dangereuses, et qui le sont en effet.

La sœur d'Augustin Maréchal fait alors savoir qu'elle a des scrupules à lui vendre ses actions. Sa famille a donné au cours du siècle passé de nombreux témoignages de patriotisme, qui l'obligent. Quel que soit le désir de Philippine Maréchal de se défaire des parts qu'elle détient dans Maréchal S.A., il est hors de question que ce soit au profit de l'étranger. Fredonnet ne peut la faire changer d'avis.

Fredonnet, en s'endettant, n'a finalement gagné que la désastreuse position d'actionnaire minoritaire d'une entreprise dont l'indéboulonnable dirigeant, autrefois son ami, le hait.

On parle maintenant de le débarquer de la présidence de Minémé.

Paul Marquis laisse enfler la menace avant de porter le coup de grâce. Les Verts vont s'en charger. Minémé n'a jamais été irréprochable en matière de protection de l'environnement. Fredonnet est pire. Hors quelques déclarations de pure convenance, il ne s'en soucie pas, dénonce systématiquement les exagérations des militants et le catastrophisme des bonnes âmes, s'en remet aux progrès de la technique pour réparer les dégâts des progrès de la technique. On affiche ses manquements. Ils sont nombreux. On y ajoute la fourniture de matériels et d'équipement à des abattoirs véreux, et une cascade de maladies professionnelles que l'on aurait pu prévenir. Il s'est décidément montré un ennemi juré de la planète et du genre humain. Après quelques jours de tumulte, le conseil d'administration de Minémé, pour lui éviter d'être révoqué, obtient sa démission.

Tous ceux qui ont participé consciemment au déboulonnage de Fredonnet, et, sans le savoir, au complot ourdi par la Société Monte-Cristo, sont éberlués de la rapidité de sa chute.

– C'était du gâteau. Ce type, tout le monde le déteste, résume le faux Américain.

Paul Marquis exulte. Violette lui demande pourquoi l'argument écologique, qui est pourtant prioritaire à la Fondation Courage, n'a pas été employé plus tôt.

– C'eût été catastrophique. Toute l'industrie l'aurait soutenu et il aurait sauvé sa présidence. Là, c'est le contraire. Les industriels vont faire mine de l'avoir débarqué par moralité verte, ce qui est archi-faux. Mais, du coup, ils seront contraints de lui trouver un successeur un peu plus présentable, et nous aurons contribué, à la marge, mais tout de même de façon pas négligeable, à l'amélioration de l'état du monde. C'est un petit pas. Ça vaut mieux qu'un grand bond en avant dans la mauvaise direction.

– La Société Monte-Cristo venge les victimes et sauve la planète ! s'exclame Violette.

– Elle ne sauve pas la planète, elle la venge, corrige Marquis.

Retranché dans son appartement, François Fredonnet ne répond plus au téléphone et ne parle à personne, pas même à ses enfants, dont deux au moins ne s'en rendent pas compte car ils étudient à l'étranger. Isabelle, sa femme, dite Cébé, s'est réfugiée à Charitey. Elle prépare une grande exposition d'artisanat et d'art contemporain avec l'aide d'une de ses amies d'enfance restée au bourg pour y reprendre la pharmacie paternelle. Cébé se sent beaucoup mieux à la campagne où l'écho de la déroute de son mari ne lui parvient que très affaibli. Sa mère, en revanche, ne perd pas une miette de l'affaire, constamment connectée, pendue à tous les sites d'information. Par elle, Cébé ne rate pas une révélation, pas une calomnie, et est invitée à profiter quotidiennement de la verve des amuseurs de la radio publique, dont François Fredonnet est devenu une des têtes de Turc.

Dans la solitude, Fredonnet carbure ferme. Une fois digérée la réaction de stupeur et d'indignation face à l'injustice dont il est victime, il en cherche les responsables, les agents.

Qui lui en veut tant ?

La réponse s'impose : les écolos. Les Verts.

Pourquoi s'en sont-ils pris à lui ?

Fredonnet potasse leurs écrits, leurs discours, leurs doctrines. Il sonde les soubassements de leurs théories. Quand la documentation lui fait défaut, il se rend dans des bibliothèques où sa présence étonne. On chuchote autour de lui. Il ne remarque rien. Il prend des notes, rédige des fiches, établit des parallèles, se livre à des recoupements audacieux, à des rapprochements révélateurs.

En moins de deux semaines de ce travail frénétique, sa religion est faite. Il sait. Entre les Verts et lui, l'affrontement était inévitable. Ce sont ses ennemis et, sans l'avoir deviné, il est depuis toujours le leur. C'est le combat millénaire de la droite raison contre la confusion, la bataille des notions claires et distinctes contre les croyances fumeuses, les prophéties, les oracles de fin du monde. Il faut renverser tous ces obstacles antiques à la marche triomphale de l'Humanité guidée par le flambeau de l'Industrie.

Comme quoi les fresques qui ornent le siège social de Minémé lui ont tout de même tapé sur le système.

L'écologie étant un adversaire sournois et sans limites, hypocrite, menteur, tapi dans les replis ténébreux, équivoques et difformes de l'air du temps, Fredonnet le combattra sans adopter ses méthodes : au grand jour, à voix haute, par le débat, l'argumentation, la réfutation, la démonstration. Toute la puissance intellectuelle qui est en lui, dont il tire sa force et sa fierté, désormais privée de son point d'application dans le monde réel, celui de la lutte pour le progrès et pour la production, il la mettra au service de la guerre qu'il vient personnellement et secrètement de déclarer, et qu'il mènera pour tous.

Il engage le fer trois mois plus tard, un record, par la publication d'un gros livre austère. On attendait qu'il plaide sa propre cause, il embrasse celle de l'humanité et de la planète. Pas un mot de l'affaire Maréchal, pas un mot de l'ancien président revenu aux commandes de Minémé sous couvert d'intérim. Les réflexions de Fredonnet planent à des hauteurs auxquelles ces misérables insectes n'ont pas accès.

En quelques semaines, il devient le porte-parole le plus admiré du parti industriel. Partout sollicitée, sa parole étincelante, étayée de références solides et (honnêtement) à peu près imbitables, répand la panique dans les rangs des Verts impuissants à lui répondre. Par lui, le capital, écorché par Marx et Piketty, est enfin réhabilité, sous les applaudissements des financiers et des ingénieurs.

Il est invité en Russie.

Ces succès ne lui vaudront en définitive qu'une vogue réduite à des cercles mesquins. Ils n'auront pas de traduction électorale ni d'effets en termes d'hégémonie idéologique. Adulé par des coteries, Fredonnet développera, de livre en livre, de conférence en conférence, de station de radio en chaîne d'info, des visions de plus en plus paranoïaques, et bientôt rien ne le distinguera, en pratique, des penseurs d'extrême gauche qu'il continuera de haïr malgré tout.

Quelque temps après la chute spectaculaire de Fredonnet, Violette revoit Étienne Manadier.

– Vous êtes vengé, lui dit-elle.

– Ce n'est pas moi qui me suis vengé.

– C'est encore mieux.

Il lui raconte qu'il a retrouvé un emploi. Une société qui avait rejeté sa candidature il y a deux ans. L'employeur est un ami de la famille. C'est lui qui a recontacté Étienne. « Il y a deux ans, nous ne pouvions rien faire. J'étais emmerdé pour toi, mais nous n'avions pas les moyens de nous mettre mal avec Minémé. »

Étienne et Violette bavardent, c'est très décousu, avec des silences. Leur histoire est finie.

Tout à coup, Violette ne trouve plus son téléphone portable.

– Voulez-vous que je vous appelle ? demande Étienne. Car c'est ainsi, de nos jours, que l'on retrouve les téléphones égarés.

Elle n'a pas le temps de protester, il est déjà en train de le faire. Le téléphone de Violette sonne, il joue l'ouverture de Verdi que Paul Marquis a qualifiée de concerto pour violoncelle.

– Je connais cette musique.

– C'est un opéra qui a presque le même nom que vous.

Que dire après cela ? Elle lui a dédié une sonnerie spéciale.

Violette comprend qu'elle ne peut pas en rester là. Il faut qu'elle se jette à l'eau.

– Est-ce que vous êtes tatoué ?

Étrange question, songe Étienne, comme aurait songé tout autre, excepté l'infortuné Bertrand. Violette, après s'être jetée à l'eau, n'est pas loin de se noyer. La présence ou l'absence de tatouage vaut à présent comme critère d'acceptabilité d'un homme. C'est n'importe quoi.

Étienne répond qu'il n'est pas tatoué, mais au lieu de se contenter de le dire et de l'attribuer à un choix personnel ou à une habitude de son milieu, il entreprend de le justifier en invoquant la loi juive, qui est par principe hostile au tatouage, c'est un interdit biblique, Lévitique, 19-28, il cite le Talmud, évoque la Shoah, les tatouages infligés aux déportés par les nazis.

Violette est interloquée.

– En quoi cela vous concerne-t-il ? Vous n'êtes pas juif.

Étienne insiste, se prévaut de son intérêt, de son admiration, de sa fascination pour le judaïsme. Il continue manifestement à croire, en dépit de ce qu'elle lui a dit, que Violette Heim est juive. Il lui laisse entendre qu'elle comble ainsi ses vœux, car il n'épousera jamais qu'une femme juive.

Violette est anéantie.

Elle lui rétorque que les philosémites sont presque pires que les antisémites, pour ne pas dire que ce sont les mêmes. Le passage vaseux de l'une à l'autre de ces attitudes est très commun. Enfermer les juifs dans des wagons ou derrière des barbelés, ou les enfermer dans une idolâtrie grotesque, c'est tout un.

Cette facette d'Étienne lui donne la nausée.

De toute façon, rien n'était possible entre eux. À cause de ce mensonge initial, du fait qu'elle soit, avec la Société Monte-Cristo, auteur de la vengeance contre Fredonnet, et qu'elle ne puisse l'avouer. On ne peut rien bâtir sur le mensonge. Qui parle de bâtir ? lui susurre une voix intérieure pas hostile aux aventures sans lendemain. Violette ne l'écoute pas. Elle quitte Étienne Manadier sur-le-champ et pour toujours.

À la fondation, Jeanne-France a une nouvelle conversation avec Odile.

– Tout va bien. Nous avons abattu Fredonnet, et il est à peu près ruiné.

– Au RSA ! jubile Odile.

– Cela rappelle assez la propre vengeance de Monte-Cristo, dit Jeanne-France.

Elle ajoute que la ruine de Fredonnet est d'une ampleur qui dépasse de beaucoup celle planifiée par la Société.

– Tant mieux ! dit Odile. Cela prouve qu'il ne faut pas se retenir. Que nous devons frapper fort. Toujours. Ce doit être notre règle.

Jeanne-France ne réagit pas.

Plus tard, elle en parle à Paul Marquis.

– Avec Odile, nous avons notre montagnarde.

Cette référence à la Révolution française montre à quelle hauteur Jeanne-France place le dessein de la Société Monte-Cristo.

Paul Marquis acquiesce.

– L'influence d'Odile sera utile, dit-il, elle enrichira notre démarche, alimentera nos débats et nos progrès. Mais ne la laissons pas prendre le dessus. Recherchons un équilibre. Gardons-nous du jusqu'au-boutisme.

Quant à Régis Tissier, durant tous ces événements, il séjournait dans les Hautes-Pyrénées, et non dans les Pyrénées-Orientales comme le croyait Violette : par déformation professionnelle, il lui avait menti. Il était descendu à Tarbes veiller sur sa tante Marguerite, qu'il aimait tendrement et dont les médecins avaient annoncé la fin prochaine. Tante Marguerite, elle, en dépit de l'épouvantable dégradation de sa santé, ne se croyait pas condamnée, à moins qu'elle ne fît semblant par délicatesse. Elle se forçait à se lever, à quitter sa chambre vieillotte où jaunissaient les dentelles, à descendre dans son jardin, dont elle s'occupait à sa manière, arrachant joyeusement les quelques mauvaises herbes vers lesquelles elle pouvait encore se baisser, et guidant affectueusement son neveu Régis dans l'entretien des plantes existantes ou dans la plantation de nouvelles. Lui n'osait pas se demander quand surviendrait le dénouement et refusait de s'impatienter.

Or il advint que tante Marguerite se rétablit, à la stupeur et à la confusion de plusieurs médecins.

– Je dois retourner travailler, dit-il à sa tante.

– À Paris ? Au fond, je ne sais même pas ce que tu fais là-bas.

– Comme tous les employés : je remplis des dossiers.

– Vif et intelligent comme tu l'es, quel gâchis. Enfin, du moment que tu es heureux. C'est le plus important.

Son œil pétille. Quelle femme ! pense comme toujours Régis, tout ému. Elle ne veut vraiment rien savoir que de joyeux.

Pendant ce temps, à Paris, devant la maisonnette de Tissier aux Buttes-Chaumont, Goran est sur le point de lever sa surveillance. Cela dure depuis trop longtemps. Goran lit les journaux. La chute de François Fredonnet a anéanti l'espoir de tirer de lui un quelconque bénéfice après s'être emparé de Tissier et l'avoir torturé pour le faire parler.

– Il doit être en train de faire le tour du monde, ton privé, dit-il à Milo. Jamais il ne reviendra. C'est Gauguin, il est dans les îles.

Milo négocie, obtient un sursis de quelques jours, et Régis réapparaît.

Il n'intéresse plus Goran, qui donne pour consigne à ses hommes de le livrer à Milo.

Milo, lui, trépigne d'impatience. Enfin, faire payer le petit enquêteur. Laver l'humiliation.

– Il ressort de chez lui ! lui annonce le guetteur avant de quitter définitivement son poste.

Et s'il s'en allait de nouveau, loin ?

– Il a une valise ?

– Non. Ah, il va chez le voisin.

Le voisin qui a gardé son chat.

À son retour, certains chats font fête à leur maître, esclave et ami. Ou à leur maîtresse, ou à l'humain, quel qu'il ou elle soit, qui les nourrit et les caresse. Ces chats-là sont rares.

Le chat normal fait la tête. Au lieu de montrer la joie des retrouvailles, il exprime la rancœur de l'abandon. Le chat de Régis Tissier est de ceux-là. Il lui fait la gueule et, sitôt dans la maison, va se cacher pour bouder dans un recoin où il ne faut pas le déranger.

Régis se met à la fenêtre. Il rêvasse. Il est tard, mais l'air est doux. Il décide de faire une brève promenade et d'en profiter pour imaginer le moyen de se réconcilier avec son chat. Il sait très bien que les choses se feront d'elles-mêmes. Il suffit d'attendre. Mais il a envie d'être préoccupé, parce qu'il pense encore à sa tante Marguerite.

Il flâne le long du parc des Buttes-Chaumont. La rue est déserte. Il croit entendre quelqu'un marcher derrière lui, se retourne. Personne. Il voit une ombre, qui s'efface aussitôt. Puis un homme se plante devant lui.

– Comme on se retrouve ! dit Milo. Tu te souviens de moi ?

Il tient à la main une batte de base-ball. Tissier n'a pas peur. Il sait comment faire.

Un deuxième homme surgit, puis un troisième. Comme Milo, ils sont armés d'une batte de base-ball.

Ils l'encerclent. Régis Tissier comprend que cela ne sera pas simple. Il veut se coller aux grilles du parc pour leur faire face. Trop tard. Il reçoit déjà le premier coup.

D'autres se mettent, comme on dit, à pleuvoir.

Ce n'est pas une correction qu'ils veulent m'infliger, réalise Tissier. Ils veulent me massacrer. Me tuer.

Tout à coup, il se souvient. Le chauffeur de Maréchal. C'est en lien avec l'histoire Fredonnet. Il faut prévenir Violette. Elle est en danger. Il faut la protéger.

Violette.

Plusieurs de ses os sont brisés, sa cage thoracique défoncée a causé de terribles lésions internes. Il n'est presque plus conscient, seules la souffrance, la douleur lui laissent un reste d'existence.

Milo et les deux autres s'acharnent. Quand ils l'ont achevé, ils s'enfuient.

Milo est satisfait, empli d'une joie sans mélange. Il est vengé.

Tels furent les débuts de la Société Monte-Cristo. Jeanne-France Courage, Odile Klein, Paul Marquis et Violette Heim se congratulaient du bilan de leurs premières campagnes : Thierry Limousin transformé, Charlotte, sa femme, heureuse ; François Fredonnet à jamais empêché de nuire ; Étienne Manadier apaisé et, qui sait ? bientôt sobre.

Ils ne surent rien de la mort de Régis Tissier.

Quand il avait été assassiné, Tissier n'avait pas ses papiers sur lui, ses vêtements étaient banals, son visage rendu méconnaissable par les coups. Il avait fallu plusieurs jours à la police pour l'identifier. L'information ne fut pas rendue publique : la qualité d'enquêteur privé de Tissier paraissait exiger une enquête discrète.

On lut dans les journaux qu'un inconnu avait été battu à mort. Puis on ne lut plus rien.

RÉALISATION : NORD COMPO À VILLENEUVE-D'ASCQ
IMPRESSION : IMPRIMERIE FLOCH
DÉPÔT LÉGAL : MAI 2022-N° 1903 (100195)
IMPRIMÉ EN FRANCE